DANIEL ANSELME

# ADIEU PARIS

*Roman*

Aus dem Französischen
von Julia Schoch

ARCHE

Die Originalausgabe erschien 1957 unter dem Titel
*La Permission* bei Éditions Julliard, Paris

Die Übersetzerin dankt dem Deutschen Übersetzerfonds
für die Förderung ihrer Arbeit.



ISBN 978-3-7160-2719-6


Gesetzt aus der Bembo
Satz: Pinkuin Satz und Datentechnik, Berlin
Druck und Bindung: CPI – Clausen & Bosse, Leck
Printed in Germany

www.arche-verlag.com
www.facebook.com/ArcheVerlag

*Für Sergeant X …*
*Irgendwo in Algerien*

# KAPITEL 1

Der Zug pfiff dreimal, während er sich durch den weißen Dunst des Dezembermorgens kämpfte, aus dem hin und wieder bebende Pappeln auftauchten, die wie Pfeile im grauen Leib des Départements Yonne steckten. In einem überheizten Abteil betrachtete ein junger Gefreiter mit breitem Lächeln durch eine frei getaute Stelle in der Fensterscheibe die triste und eintönige Landschaft.

Seine beiden Kameraden, ein Unteroffizier und ein einfacher Soldat, dösten jeder in einer Ecke der gegenüberliegenden Bank, die Uniformjacken aufgeknöpft, ihre Käppis als Kissen unterm Kopf.

»Was für ein Nebel!«, sagte der Gefreite und schlug mit der Faust auf die Sitzbank. »Was für ein Nebel …«

Nur der Soldat machte die Augen auf.

»Was ist jetzt schon wieder?«, fragte er mit schleppender Stimme. »Was hast du jetzt wieder Großartiges entdeckt?«

»Guck dir doch bloß mal den Nebel an«, sagte der Gefreite. »Wie lange hast du so was nicht mehr zu Gesicht bekommen? Na?«

Resigniert rieb sich der Soldat die Augen. Er war klein, dunkelhaarig und trug einen dünnen Schnurrbart und spitz zulaufende Koteletten. Er betrachtete den Nebel und nickte.

»Ist wirklich eine Wohltat, mal wieder ein richtiges Sauwetter zu sehen.«

»Wie lange ist es her, na?« Der Gefreite ließ nicht locker.

»Ich sag's dir, Lasteyrie: seit Koblenz nicht mehr. Seit dem Tag, als wir uns mit dem Jeep in der Castorstraße verfahren haben.«

»Ist lange her.«

»Genau genommen dreizehn Monate«, sagte der Gefreite.

»Verdammt!«, meinte Lasteyrie mit schleppender Stimme.

Er rekelte sich, die Augen halb geschlossen.

»Wie lange noch, bis wir da sind?«

»Eine Stunde vierzig«, rechnete der Gefreite mit einem Blick auf die Uhr.

»So lange noch!« Er drückte sich in die Ecke der Sitzbank und suchte nach einer bequemen Position. »Ich leg mich schlafen. Wiedersehen. Heut Abend muss ich in Form sein …«

»Heute Abend?«, fragte der Gefreite.

»Na, und ob!«, meinte Lasteyrie. »Heut Abend mach ich ordentlich einen drauf. Du kriegst mich erst wieder am Dritten an der Gare de Lyon zu Gesicht, falls ich denn komme! Ich werd mir jedenfalls keinen Zwang antun …«

»Und deine Eltern?«

»Von denen verlange ich nichts. Falls sie mir auf den Wecker fallen, zieh ich ins Hotel. Reichlich Kohle hab ich. Jedenfalls bin ich ihnen nichts schuldig. Sollen sie sich ruhig Sorgen machen, meine Alten! … Also, Wiedersehen!« Er drückte sich wieder in seine Ecke, das Käppi ins Gesicht gezogen.

Einen Moment lang saß der Gefreite schweigend da. Bei dem Gedanken, dass seine Familie in diesem Augenblick ebenso an ihn dachte wie er an sie, musste er lächeln. Er überließ sich ganz dem gleichmäßigen Schüttern der Räder und dem Pfeifen des Windes draußen am Waggon. Sein

Blick wanderte von Lasteyrie, der beständig nach der richtigen Schlafposition suchte, hinüber zum Unteroffizier, der am anderen Ende der Sitzbank schlief. Die rechte Hand, in die halb geöffnete Jacke geschoben, lag auf seiner Brust, seine langen Beine hatte er von sich gestreckt. Hin und wieder runzelte er im Schlaf die Stirn und atmete schwer, mit einem Gesichtsausdruck, der die Linie seiner schmalen, knochigen Nase noch betonte.

»Du spielst dich bloß auf«, meinte der Gefreite. »Aber hättest du deine Eltern nicht mehr, würdest du anders reden.«

»Herrgott noch mal, Valette, lass mich in Ruhe pennen!«

Der Gefreite fing an zu lachen.

»Lass mich jetzt endlich pennen!«, sagte Lasteyrie noch mal und fing ebenfalls an zu lachen.

Das Spiel konnte beginnen. Lasteyrie am Schlafen zu hindern bedeutete, ihn daran zu hindern, mit dem Mädchen ins Bett zu steigen, das er am Abend zu treffen hoffte und das dank des Spiels tatsächlich zu existieren begann. Er hatte sie bereits ausfindig gemacht, sie wartete auf ihn, und Valette übernahm die Rolle des Spaßverderbers. Die beiden Soldaten zankten sich lautstark.

»Haltet die Klappe!«, rief der Unteroffizier und öffnete die Augen.

»Sabah el Kheir«, sagte Lasteyrie und verbeugte sich, eine Hand auf der Brust.

»Wer hat das Fenster zugemacht?«, brummte der Unteroffizier. »Die ganze Nacht schmoren wir schon hier drinnen. Mach das Fenster auf.«

Valette zog das Fenster ein Stück herunter.

»Ihr seid echt rücksichtslos!«, meinte Lasteyrie und knöpfte sich die Jacke zu. »Valette hält mich vom Schlafen ab, und du willst, dass ich mir den Tod hole! Ihr wollt mir meinen Urlaub vermasseln, Saubande, ihr!«

Aber der Unteroffizier hatte sich schon wieder zur Wand gedreht.

»Hast du den Nebel gesehen?«, fragte ihn Valette.

»Interessiert mich nicht«, brummte der Unteroffizier, ohne sich zu rühren.

»Lachaume! Lachaume! In einer Stunde sind wir da!«, rief Valette, wobei er ein paar Minuten unterschlug, um Eindruck zu schinden.

»Interessiert mich nicht«, sagte Lachaume mit geschlossenen Augen noch einmal.

Valette nickte verständig.

»Pah! Wenn er erst mal vor ihr steht, renkt sich alles ein«, flüsterte Lasteyrie kurz darauf. »Man muss da sein, nur das zählt. Wenn du mich fragst, sind sie alle gleich, die Frauen …« Er machte eine Handbewegung, als würde er einem Hintern im Vorbeigehen einen Klaps verpassen.

Der Zug wurde quietschend langsamer, fuhr nach einem kurzen Pfiff in den Bahnhof von Sens ein und hielt an.

»Willst du einen Kaffee?«, fragte Valette den Unteroffizier und rüttelte ihn an der Schulter.

»Nein, danke, ich schlafe.«

Als Valette und Lasteyrie ins Abteil zurückkamen, hatten sich dort zwei neue Reisende niedergelassen: eine schwarz gekleidete Frau vom Lande mit streng zurückgekämmtem Haar, die mit verkniffenem Mund steif auf der Bank saß, und ein Mann um die sechzig, mit Kulleraugen und einem kleinen viereckigen Schnauzbart, der unter seiner glänzenden Nase zuckte, während er Atem schöpfte, und der den beiden Soldaten beim Hereinkommen vertraulich zuzwinkerte, da mehrere Orden sein Revers zierten.

Valette hatte einen Becher Milchkaffee mitgebracht, Lasteyrie trug feierlich ein Croissant. Lachaume wurde wach gerüttelt, während Lasteyrie mit Falsettstimme sang:

*Ach, wie gut*
*Ach, wie nett*
*Ist doch ein Milchkaffee im Bett* (da capo)

»Du bist ein wahrer Bruder«, sagte Lachaume zu Valette und nahm ihm den Becher aus der Hand.

»Und ich?«, meinte Lasteyrie empört und schwenkte das Croissant. »Bin ich etwa kein Bruder? Wenn's so ist, esse ich es selbst!«

Aber Lachaume schnappte sich das Croissant im Flug, versenkte es im Becher und rief »Korb!« wie beim Basketball. Sofort hatten sich Valette und Lasteyrie aufgestellt, als würden sie den Ball erwarten: die Beine auseinander und die Hände hoch überm Kopf. Aber Lachaume wollte nicht mehr spielen. Verdrossen, die Ellbogen auf den Knien, trank er seinen Kaffee in kleinen Schlucken. Dann steckte er sich eine erloschene Zigarette zwischen die Lippen und drückte sich wieder in seine Ecke.

Langsam durchquerte der Zug eine aufgeweichte Ebene, deren Trübseligkeit der sich lichtende Nebel freigab. Es schien, als würde er gegen Ende der Reise immer langsamer werden; das Hämmern der Räder wurde weniger – wie ein Glücksrad auf Jahrmärkten nach und nach klackend zum Stehen kommt. In ein oder zwei Stunden weiß ich, woran ich bin, dachte Lachaume. Eine seltsame Mattigkeit überkam ihn, während er in einen Halbschlaf wegdämmerte. Was bedeutete in diesem Fall gewinnen oder verlieren? Für ihn drehte sich das Rad weiter. Irgendwer setzte es immer wieder in Gang. Er sah nur eine eiskalte Hand aus dem Dunkel kommen, die aussah wie eine Elfenbeinhand am Knauf eines Spazierstocks. Wahrscheinlich eine alte Dame …

Lachaume schreckte hoch, die Flamme eines Feuerzeugs vorm Gesicht.

»Brauchen Sie Feuer, Unteroffizier?«, fragte eine unbekannte Stimme.

Es war der Reisende, der in Sens zugestiegen war.

Wütend warf Lachaume seine Zigarette weg, drehte sich wieder zur Wand und schlief weiter.

Der Reisende steckte sein Feuerzeug ein und zwinkerte dem Gefreiten Valette zu. Sein dickliches Gesicht drückte Nachsicht und Verständnis aus. »Müde, der Herr Unteroffizier!« Er seufzte, was bedeuten sollte, dass ihm die Strapazen des Krieges durchaus vertraut waren. Bevor er jedoch eine eindeutige Haltung annahm, sprach er in schneidendem Ton und stirnrunzelnd das Wort »Algerien« aus, was eine Frage bedeuten mochte. Er wollte sichergehen, dass er es auch wirklich mit Soldaten zu tun hatte, die ihre Feuertaufe bestanden hatten.

Valette und Lasteyrie bestätigten mit finsteren Mienen. Der Reisende rieb sich die Hände.

»Im Zug kriege ich immer Kohldampf«, verkündete er. »Lasst uns erst mal einen Happen essen, Jungs.«

Und schon holte der selbsternannte Truppenchef aus seiner ledernen Aktentasche ein halbes Brot und zwei Kalbsrouladen, die er für seine Männer längs zerteilte; anschließend reichte er jedem eine Hälfte auf der Klinge seines Taschenmessers. Überglücklich, einer Befragung über den Krieg in Algerien entgangen zu sein, griffen Valette und Lasteyrie eifrig zu und wurden im selben Moment zu Gefangenen des Kriegsveteranen, der geräuschvoll kaute und kriegerisch dreinblickte.

»Seht ihr diese Klinge?«, fragte er mit vollem Mund und schwenkte sein Taschenmesser. »Sie hat schon eine Menge Dosenfleisch und Salami geschnitten! In den Argonnen, in Verdun, auf den Dardanellen, überall!«

Höflich betrachteten Valette und Lasteyrie das Messer.

»Das Messer ist die Gabel des Soldaten«, dozierte der Kriegsveteran. »Oh ja!« Er streckte die Brust raus.

»Und jetzt, Jungs«, befahl er, »ordentlich Blut drauf!« Ohne dem Becher Beachtung zu schenken, der aus seiner Tasche gefallen war, nahm er vergnügt ein paar Schlucke direkt aus der Rotweinflasche, die er gleich darauf an Valette weiterreichte – zuerst an Valette, schließlich hatte der den höheren Dienstgrad.

»Und jetzt will ich euch was sagen«, meinte er, als die Flasche wieder bei ihm gelandet war. »Und zwar geradeheraus, als einer von der alten Garde: Als ich vorhin gesehen hab, wie ihr mit eurem Unteroffizier umgegangen seid, hab ich Mut gefasst. Ihr seid wahrhaftig Soldaten, Kinder, ihr kümmert euch um euren Unteroffizier. Oh ja! Unteroffizier bei der Fußtruppe – das will was heißen! Der stellt was dar …«

Seine Kulleraugen wurden feucht.

»Ich weiß, wovon ich rede, ich war Unteroffizier beim 108en. Der Unteroffizier ist die Seele des Zuges. Der Knochen im Truppenkörper, wenn ihr so wollt. Ein kleiner Knochen, mag sein, aber ohne ihn ist die Truppe schlaff und ohne Halt … Ihr versteht mich, das hab ich gleich gesehn, sorgt nur immer gut für euren Unteroffizier …«

Aus Angst, gleich loszuprusten, wagten Valette und Lasteyrie nicht, einander anzuschauen. Allerdings äugten sie rüber zu Lachaume – dem Knochen –, der leider Gottes immer noch schlief.

»Für unsereins, die Alten aus dem 1914er-Krieg, war das Leben schwer«, erzählte der Kriegsveteran. »Unsere Kinder, also eure Väter, hatten keine Ahnung von der Armee, wir waren eine Lachnummer für sie, und ihr wisst ja, wie es 1940 ausgegangen ist … Aber ihr seid anders, mit euch wird sich alles ändern. Sie ist nicht tot, die französische Infanterie, Königin der Schlachtfelder! Sie ist nicht tot!«, wiederholte er und warf der Frau in Schwarz, die seit der Abfahrt aus Sens mit verkniffenem Mund aus dem Fenster sah, einen herausfordernden Blick zu.

»Frankreich hat sein letztes Wort noch nicht gesprochen«, rief er. »Und das wird auch nie passieren. Denn Frankreich ist unsterblich. Oh ja, da hat es schon ganz anderes durchgemacht … Und ist das alles etwa nicht hübsch?«, rief er und wies mit ausladender Geste auf die Ebene, durch die sie fuhren. »Gibt es was Hübscheres auf der Welt? … Ich betreibe ein Hotel. Ich treffe Leute, die von überall her zu uns zu Besuch kommen. Stimmt's etwa nicht, Jungs? Ich bin der Meinung: Frankreich den Franzosen, die Ausländer sollen bei sich bleiben (ich spreche natürlich nicht von den Touristen)… und Finger weg von unseren Kolonien!«

Er trank einen Schluck und fuhr lautstark fort:

»Solange sich Russkis und Yankees nicht eingemischt haben, gab's keinerlei Probleme mit unseren Kolonien! Araber, Indochinesen, Neger, Madegassen, alle liebten uns, ganz zu schweigen von den Berbern und den Marokkanern. Und wieso liebten uns alle diese Völker? Weil der Franzose das Herz am rechten Fleck hat und Sinn für Humor; weil er trotz seiner ungeheuren Intelligenz bescheiden bleibt; weil es ihm als Freigeist schnuppe ist, ob einer braun oder gelb ist, solange er seine Arbeit anständig macht. Hört nicht auf die Miesmacher, Jungs! Es gibt nichts Besseres auf der Welt als die Franzosen, ich beweise es euch: Erstens sind die Franzosen die besten Soldaten auf der ganzen Welt! Zweitens haben die Franzosen das beste Essen auf der ganzen Welt! Und drittens«, ergänzte er etwas leiser, »fickt auf der ganzen Welt keiner so gut wie die Franzosen!«

»Klar haben wir auch unsere Fehler«, fuhr er fort. »Aber wer hat die nicht? Wir haben an allem was auszusetzen, nichts ist uns gut genug. Aber dass wir faul sind, das stimmt nicht, wir arbeiten einfach bloß schneller als die anderen. Und da es uns an Ehrgeiz fehlt, drehen wir eben den Rest der Zeit über Däumchen. Mangelnder Ehrgeiz ist wirklich ein Fehler von uns. Genau wie diese Marotte, alles Französische schlechtmachen zu müssen. Ich tu's ja selber! Außerdem wirft man uns vor, wir seien geschwätzig, aber da sage ich: Nicht so voreilig! Sicher, wir reden gern, aber wir quatschen nicht einfach so dahin wie die Itaker, oder zu wenig wie die Engländer, außerdem liegt's an der französischen Sprache, die nicht so weich wie die der Itaker ist oder so hart wie das *English*. Es liegt an der französischen Sprache, die die schönste auf der ganzen Welt ist. Wir Franzosen lieben sie, das ist schließlich unser gutes Recht, und da wir sie lieben, sprechen wir sie auch gern. Aber geschwätzig, nein, da gehe ich nicht mit. Der Franzose ist kein Schwätzer.«

Daraufhin setzte der Hotelier zu einer langen, wortreichen Geschichte an, die zweierlei beweisen sollte: dass der Franzose kein Schwätzer sei und ein Unteroffizier unter gewissen Umständen zu schwerwiegenden Entscheidungen gezwungen sein kann, wenn es um den Sieg geht. Das Ganze spielte sich in den Argonnen ab, im Morgengrauen eines

Tages, an dem es in Strömen gießen sollte, und Schuld an allem war ein Hund, der sich die Pfote gebrochen hatte … An dieser Stelle der Erzählung zogen Valette und Lasteyrie die Köpfe ein, um der Salve eines Maschinengewehrs zu entgehen, dessen Geknatter der Hotelier mit kräftigem Händeklatschen nachahmte. Offen gestanden waren die beiden Fronturlauber einigermaßen erledigt von dem Gekreise am Rande irgendeines Wäldchens. In den Augen eines Soldaten sehen Wäldchen alle mehr oder weniger gleich aus. Aber der Unteroffizier vom 108en hatte seine Männer fest im Griff und ersparte ihnen kein Detail. Gehörten ihm als Steuerzahler der Gefreite Valette und der Soldat Lasteyrie nicht auch ein wenig? Jedenfalls hatte es den Anschein, als wollte er sich bei diesen beiden seinen Anteil zurückholen, die still und mit gesenktem Kopf alles ertrugen, so wie sie es nach einundzwanzig Monaten Militärdienst gewöhnt waren. Der in Erinnerungen schwelgende Kriegsveteran ist Teil der Soldatenfron. Außerdem verlangte die leichtfertig angenommene Kalbsrouladenhälfte von braven Jungs ein Minimum an Höflichkeit. Kurzum, Valette und Lasteyrie, die schon am Algerienkrieg schwer zu tragen hatten, suchten verzweifelt nach einer Möglichkeit, wie sie den Feldern der Argonnen entkommen konnten, als sich Lachaume, von den ersten Schüssen geweckt, bei der zweiten Maschinengewehrsalve abrupt aufrichtete.

»Sagen Sie mal, Monsieur, soll das noch lange so gehen?«, fragte er stirnrunzelnd.

»Wie meinen, Unteroffizier?«, erkundigte sich der Hotelier und riss die Augen auf.

»Nur weil wir Uniform tragen, müssen Sie uns nicht endlos Ihre Landsergeschichten auftischen«, sagte Lachaume in demselben Ton. »Wenn Sie einen Kloakenputzer in seinem

Ölzeug treffen, liegen Sie dem doch auch nicht mit Ihren Scheißanekdoten in den Ohren!«

»Aber Unteroffizier!«, protestierte der Hotelier.

»Hören Sie mit dem ewigen Unteroffizier auf!«, antwortete Lachaume wutschnaubend. »Sie sind nicht mein Feldwebel, soviel ich weiß!«

Der Hotelier wandte sich zu Valette um, der mit knallroten Ohren dasaß und sich zusammennehmen musste, um nicht schallend loszulachen.

»Bitte haben Sie Verständnis, Monsieur«, brachte er unter Mühen hervor, in einem Ton, der versöhnlich klingen sollte (die Kalbsroulade!). »Wir sind auf Urlaub ... Wir könnten doch von etwas anderem reden ...«

»Oh, ich verstehe sehr gut«, sagte der Hotelier mit drohender Stimme. »Ich weiß, was ich zu tun habe! ... Ihren Namen ... Monsieur!«, sagte er zu Lachaume, wobei das »Monsieur« wie eine Beleidigung klang.

Valette und Lasteyrie protestierten, sie wollten auf keinen Fall, dass Lachaume seinen Namen sagte.

»Lachaume, 4. Infanterieregiment, 4. Kompanie«, sagte Lachaume mit einem Lächeln.

»Ich kriege Sie mit einer Meldung dran!«, drohte der Hotelier. »Öffentliche Beleidigung eines militärischen Würdenträgers, das kann Sie teuer zu stehen kommen, Sie hören noch von mir ... Wirklich sagenhaft, die französische Armee!« Mit diesen Worten verließ er das Abteil und schmiss die Tür krachend hinter sich zu.

Während der ganzen Szene hatte die schwarz gekleidete Frau mit zusammengekniffenem Mund dagesessen und beharrlich aus dem Fenster geschaut. Als der Hotelier gegangen war, bekundete sie ein leichtes Interesse für die drei Soldaten, schüttelte dann aber den Kopf und ließ ihre

Hände in den Schoß fallen, als würde sie ihr Vorhaben, zu sprechen, aufgeben.

Valette und Lasteyrie warteten gespannt auf die Worte, die nicht kamen. Jetzt, da die erste Heiterkeit verflogen war, nahmen sie die Drohung mit der Meldung allmählich ernst und suchten als gute Franzosen nach einem Entlastungszeugen. Doch die schwarz gekleidete Frau nahm nach einem letzten Blick wieder ihre gleichgültige Haltung an, das Gesicht zum Fenster gewandt.

Der Zug raste durch einen tristen Bahnhof. Die Häuser folgten jetzt rascher aufeinander und zerteilten die Landschaft. Inzwischen hatte sich Lachaume wieder schlafen gelegt.

Der Hotelier nutzte die Gelegenheit und holte seine Aktentasche aus dem Abteil, mit Hilfe von Valette, der mit erzwungenem Lächeln einen letzten Versuch unternahm, alles zum Besten zu regeln.

»Sie hören von mir!«, sagte der Hotelier, riss ihm die Aktentasche aus den Händen und wechselte das Abteil.

Wieder deutete die schwarz gekleidete Frau eine Handbewegung an. Valette und Lasteyrie begegneten ihrem Blick, hellgrau wie das vom Regen verwaschene Zinn in den Dörfern der Ebene. Sie zog aber bloß grämlich ihren schwarzen Rock nach unten und wandte sich ab.

»Nur noch eine halbe Stunde«, sagte Valette.

»Ich muss mich noch zurechtmachen«, meinte Lasteyrie und schnappte sich seine Waschtasche.

Er verließ das Abteil, kam gleich darauf zurück, um seinen Mantel zu holen, und tauchte wiederum fünf Minuten später in seinem Mantel auf, diesmal auf der Suche nach einer Nadel, da seine abgebrochen sei, wie er sagte.

»Was ist los mit dir?«, fragte Valette und sah ihn erstaunt an.

»Gar nichts«, entgegnete Lasteyrie. »Bloß ein Knopf …«

Valette hatte sofort gewittert, dass an Lasteyries Verhalten irgendwas faul war. Wenn zwei Soldaten Freundschaft geschlossen haben, verstehen sie sich blind. Also stellte sich Valette vor die Tür der Toilette, auf der Lasteyrie sich eingeschlossen hatte, und fing ihn beim Rauskommen ab. Er trug seinen Mantel überm Arm, auf den Ärmel seiner Jacke hatte er Unteroffizierstressen genäht.

Valette lachte übers ganze Gesicht, während der überrumpelte Lasteyrie immer wieder rief:

»Der schöne Breitmaulfrosch! Breitmaulfrosch!« (Valettes Spitzname.) »Hau ab, Hüpferling« etc. Mit stolz geschwellter Brust zog er seinen Mantel über.

»Zu Ihren Diensten, Sergeant!«, sagte Valette und knallte die Hacken zusammen.

Lasteyrie versetzte ihm einen Schlag mit der Faust, die beiden Soldaten gingen aufeinander los und rauften eine Weile in dem schwankenden Verbindungsstück zwischen den Waggons.

»Raus damit, was hast du vor?«, fragte Valette, als er Lasteyrie untergekriegt hatte. »Ist es für die Braut heute Abend? Sie ist bestimmt nicht wählerisch …« Er zupfte ihn am Schnurrbart.

»Ich mach's wegen meinem Vater«, sagte Lasteyrie schulterzuckend. »Er weiß nicht, dass sie mich degradiert haben … Er würde ein ziemliches Fass aufmachen deswegen, sagen, dass ich überall für Ärger sorge, nichts auf die Reihe kriege, der ganze übliche Mist … Du hast keine Ahnung, wie er drauf ist.«

»Sag dem Professor nichts davon«, fügte er hinzu, als sie wieder vor dem Abteil standen. »Dann macht er sich bloß wieder lustig über mich …«

Inzwischen hatte der Zug die Vorstädte erreicht. Man sah Fabriken, Lagerhäuser, Wasserspeicher und auch schon kleinere Ansammlungen von Mietshäusern mit Kneipen unten drin, die sehr pariserisch wirkten.

»Endlich! Geliebtes *Panama*!«, schrie Valette, beugte sich rüber zu Lachaume, rüttelte ihn wach und rief dabei immer wieder *»Panama!«*.

»Immer mit der Ruhe!«, sagte Lachaume. »Wie lange haben wir noch?« Da noch eine Viertelstunde Fahrt vor ihnen lag, wollte er sich wieder hinlegen, aber diesmal sorgte Valette dafür, dass er aufstand, und zog ihn und Lasteyrie zu einem offenen Fenster auf dem Gang.

»Sieh doch nur!«, sagte Valette zu ihm. »Wir sind zu Hause, wir kehren heim … Wie lange ich auf diesen Moment gewartet hab!« … Mit Tränen in den Augen winkte er aus dem offenen Fenster den Fußgängern auf den Straßen, den Arbeitern am Bahndamm und den Tausenden Fenstern der Vorstadt, wo die im Wind trocknende Wäsche hin und wieder seinen Gruß erwiderte.

»Seht mal … eine Metrostation!«

»Wenn ich dran denke, dass wir nicht mal Anspruch auf Gratisfahrten mit der Metro haben«, meinte Lasteyrie.

Über ein Gewirr grässlich quietschender Weichen fuhr der Zug langsam in den Bahnhof ein. Lange bevor er hielt, standen Valette und Lasteyrie mit ihren Brotbeuteln über der Schulter auf dem Trittbrett des Waggons, bereit zum Absprung. Dann rannten sie in Richtung Ausgang. Wer als Letzter am Absperrgitter ankam, musste einen ausgeben. So war's seit Langem ausgemacht.

Aber Lachaume, der gemächlich und mit erhobenem Kopf hinterhertrabte, sah von Weitem, wie die beiden von Feldjägern aufgehalten wurden, deren Chef ihre Urlaubsbescheinigung kontrollierte. Von einem plötzlichen Wutanfall erfasst, beschleunigte er den Schritt und fuchtelte mit seinem freien Arm verärgert in der Luft herum.

»Was wollten die Blödmänner?«, rief er und lief zu ihnen.

»Scheint so, als könnten wir uns nicht benehmen«, sagte Lasteyrie. »Rennen ist auf dieser Seite des Mittelmeers verboten.«

Nachdem sie die Gare de Lyon verlassen hatten, tauchten sie über ein paar Stufen nach und nach in die Stadt ein und standen bald schon verblüfft und schweigend in einem Café. Über Augen und Ohren drang Paris in sie ein. Fasziniert vom Anblick der Straße, stellten sie sich mit dem Rücken zum Tresen. Nicht mal den Kellner hörten sie, der sie zum dritten Mal fragte, was sie trinken wollten.

»Komisch«, sagte Valette schließlich, »ich habe Lust, jemanden auf der Straße anzuhalten und zu sagen: Ich bin's, Jean Valette, ich bin noch am Leben, es geht mir gut, ich bin zurück für eine Weile; und dann würde ich ihm die Flosse schütteln, einfach so!«

»Wenn du schon mal dabei bist, kannst du auch gleich ein Mädchen ansprechen«, sagte Lasteyrie. »Aber wo sind eigentlich all die hübschen Pariserinnen?«, rief er und blickte sich in dem Café um, das zu dieser morgendlichen Stunde menschenleer war. »Jetzt, wo wir endlich hier sind!«

Die drei Soldaten hatten ihren Kaffee ausgetrunken, Lachaume hatte für alle bezahlt, es wurde Zeit, sich zu trennen, aber eine seltsame Unentschlossenheit hielt sie noch zurück.

»Gib mir deine Adresse«, sagte Valette zu Lachaume. »Du könntest zu meinen Eltern zum Essen kommen, wenn du magst … Zusammen mit deiner Frau natürlich.«

Valette wurde rot, weil er nicht wusste, ob es ein Fehler war, Lachaumes Frau zu erwähnen.

»Gern«, sagte Lachaume.

Bis die Adresse aufgeschrieben war, verging wieder eine Weile. Da sich niemand zum Gehen entschließen konnte, spendierte Lasteyrie noch eine Runde Rum, bei der man sich Zeit ließ.

»Nun denn«, sagte Lachaume schließlich. »Wir sollten aufbrechen. Macht's gut!«

»Auf Wiedersehen«, sagte Valette.

»Mach's gut, Professor!«, sagte Lasteyrie. »Und sollte ich am Dritten nicht auftauchen, wartet nicht auf mich!«

# KAPITEL 2

Sie nannten ihn »Professor«, weil er im letzten Jahr seines Englischstudiums, während der Vorbereitung auf das Staatsexamen, an einer Privatschule in der Nähe von Port-Royal unterrichtet hatte. Aber alles, was sich auf die Jahre vor seiner Einberufung zur Armee bezog, schien ihm für immer verloren, jedenfalls Lichtjahre weit weg. Und das Einzige, was ihn noch mit seinem alten Leben verband, jene Frau, die er aus Gewohnheit weiterhin als seine betrachtet hatte, war im Begriff, sich von ihm zu trennen. Allerdings: Je mehr er darüber nachdachte, desto logischer erschien ihm die Trennung. Durch welches Wunder hätte ihre Liebe alles andere überdauern sollen?

Er lief in Höhe des Jardin des Plantes an der Seine entlang. Beim Anblick der Kathedrale Notre-Dame, die wie eine lausige Theaterkulisse vor ihm lag, wurde er wütend. Sollte bloß keiner erwarten, dass er noch länger bei dieser Komödie mitmachte. Aber er war nicht imstande zu sagen, was für eine Komödie überhaupt.

Die Sonne schien an diesem Tag wie im Frühling; alles wirkte seltsam unnatürlich. Die Leute auf der Straße hatten ein Lächeln aufgesetzt, das auf ebenso abstoßende Weise süßlich war wie die Luft; auf den Fußgängerüberwegen, wo die Polizisten, den Stock unterm Arm, die Zuvorkommenheit in Person waren, herrschte allgemeine Gutmütigkeit. Lachaume gab sich Mühe, jegliche sentimentale Anwandlung aus seinen Gedanken zu verscheuchen.

Er stand auf der Plattform eines Busses, den er früher immer genommen hatte, um nach Hause zu fahren. Die Strecke war noch immer dieselbe, und als er fast angekommen war, sah er plötzlich wieder vor sich, wie er vor drei Jahren mit einem Riesenstrauß kleiner dorniger Rosen im Arm auf der Plattform des gleichen Busses gestanden hatte, der langsam dieselbe ansteigende Straße hinaufgekrochen war, vorbei an einem stillen Garten, der ebenfalls noch derselbe war. Das war ganz am Anfang seiner Liebe zu Françoise gewesen, damals war er mit seinen Büchern und sechs neuen Hemden in seinem Koffer bei ihr eingezogen, unter dem Arm ein Bund Rosen, deren Dornen er durch den Stoff seiner Jacke hindurch spürte.

Lachaume empfand keinerlei Nachsicht für den Jungen von damals, die lächerlichen Erinnerungen brachten ihn nur noch mehr auf. Ans Geländer der Plattform gelehnt, nahm er ein paar Züge aus seiner Pfeife und schob das Kinn wie bei einer heftigen Anfeindung vor. Tatsächlich wirkte sein Gesicht mit den ausdrucksstarken, ebenmäßigen Zügen (von der huckligen Nase einmal abgesehen) in diesem Augenblick hochmütig. Was unbemerkt blieb, denn die Leute achten nicht auf die Gesichter von Soldaten; sie nehmen bloß die Uniform wahr, und auch das nur nebenbei.

Lachaume war froh, in seiner Straße keinem der Händler zu begegnen, die ihn mit Sicherheit erkannt und ausgefragt hätten, genau wie die Concierge in seinem Haus. Langsam stieg er in den vierten Stock hinauf und öffnete die Wohnungstür mit dem Schlüssel, den er seit seiner Einberufung wie einen Talisman bei sich getragen hatte.

Es war eine kleine Zweizimmerwohnung in einem modernen Wohnhaus, also um 1920 herum gebaut. Ihr Charme, von dem Lachaume früher so hingerissen war, rührte daher, dass sich die Aussicht sehr weit über ein paar Bäume und niedrige Häuser erstreckte, da die Fenster kein Gegenüber hatten. Daher kam das Licht ungehindert herein, und jeder noch so schwache Sonnenstrahl ließ die bunten Glaskugeln funkeln, die Françoise aus einer Laune heraus überall in dem Raum aufgehängt hatte, den Lachaume das Zimmer und sie (da sie regelmäßig die *ELLE* las) den Salon nannte. Nichts, oder so gut wie nichts, hatte sich verändert: Die Glaskugeln hingen noch da, allerdings leicht angestaubt, als würde Françoise weniger darauf achten, und auf dem Bett, das nur nachlässig gemacht war, lag nicht wie gewöhnlich die Tagesdecke, wie Françoise es früher sofort nach dem Aufstehen verlangt hatte; Lachaumes Kopfkissen hingegen lag an seinem Platz, in seinem geblümten Bezug, der es tagsüber in ein Sofakissen verwandelte.

All diese Einzelheiten nahm er unfreiwillig wahr, während er am Fenster in dem großen Korbsessel saß, in dem Françoise sich gern sonnte, den Rock ein wenig hochgeschoben, sodass ihre schönen Beine zum Vorschein kamen.

Auch im Zimmer nebenan, dem sogenannten Arbeitszimmer, in dem sich die Bücherregale befanden, bemerkte er keine nennenswerten Veränderungen, abgesehen von der geflissentlichen Ordnung, die dem Raum etwas Trostloses verlieh. Und in eben diesem Zimmer, das sein eigenes war, inmitten der Bücher, die doch ihm gehört hatten, lange bevor er Françoise begegnet war, fühlte er sich zum ersten Mal wie ein Eindringling. Er betrachtete sie ohne jede Empfindung und formte für sie ebenso empfindungslos einen freundschaftlichen Gedanken. Dann machte er sich auf die Suche nach seiner Zivilkleidung, von der er seit einundzwanzig Monaten träumte.

Früher hatte es im Schrank ein Fach gegeben, wo sich seine Hemden stapelten; eine Ecke in der Schublade, wo man ganz sicher ein Paar Strümpfe erwischte, wenn man hineingriff; eine Ecke auf der Kleiderstange, wo Jacken und Hosen hingen, und untendrunter eine andere Ecke für die Schuhe. Lachaume lief hin und her und fand nichts wieder. Genauso im kleinen Badezimmer, als er blind vom Seifenschaum unter der Dusche stand und seine Hand ausstreckte, aber nur unbekannte Gegenstände auf der Ablage ertastete.

Es war anzunehmen, dass Françoise, die nichts von seiner Ankunft wusste, Lachaumes Sachen ganz einfach nicht aus dem Schrankkoffer geholt hatte, wo er sie, mit reichlich Naphtalin bestäubt, schließlich fand; man sollte auch annehmen, dass verschobene Gegenstände im Bad nicht weiter von Bedeutung sind. Soll man doch annehmen, was man will, dachte Lachaume. Trotzdem ist es ein haarsträubendes Gefühl, nach Hause zu kommen und gleichzeitig woanders gelandet zu sein.

Bekleidet mit einem weißen Hemd und einer alten Hose, die ihm zu groß geworden war, hatte er sich mit einem schmalen Band Shakespeare wieder ans Fenster gesetzt. Aber kaum las er zwei Zeilen, sah er sich in einem weißen Hemd in einem Sessel Shakespeare lesen, und dieses Schauspiel verstärkte seine beständige Wut noch. »Bloß keine Verwechslung!«, sagte er zu sich selbst und klappte das Buch zu. »Ich bin nicht Lawrence von Arabien! …« Seine Wut richtete sich wieder gegen die Scheinheiligkeit des sonnigen Himmels, gegen die Illusion eines Frühlings mitten im Winter.

Beim geringsten Sonnenstrahl ging Françoise für gewöhnlich um die Mittagszeit nach Hause, um in ihrem Korbsessel zu sitzen und ein wenig Käse und Obst zu essen, zumal sie keine festen Bürozeiten hatte. Da die Sonne schien, rechnete Lachaume damit, dass sie nach Hause käme, und bereitete das Mittagessen.

Am schwierigsten war es gewesen, den Händlern in der Straße gegenüberzutreten, vor allem dem Fleischer, der ihm früher oft einen Gefallen getan hatte. »Da wird sich Ihre Frau aber freuen! Wirkte in letzter Zeit leicht durch den Wind.« Die Lebensmittel an sich gedrückt, die er dem Feind entrissen hatte, war er die Treppe hinaufgestürzt. Und dann war Stunde um Stunde verstrichen, und das Fett auf den Tellern war hart geworden.

Als Lachaume erwachte, dämmerte es bereits. Er blieb auf dem Bett liegen und betrachtete die Schatten, die sich im Zimmer ausbreiteten. Es war, als flöge der Geist der Wohnung auf wie eine Eule bei Einbruch der Nacht. Die Möbel schimmerten und summten wehmütig. Vor allem breitete sich ein unvergesslicher Duft überall aus und wühlte Lachaume auf, der unter sich die Wärme des weichen Doppelbettes spürte. Françoise schien da zu sein, er glaubte, ihre Schritte hinter der Wand zu hören, sie kam näher, ihr Duft flog ihr voraus. Er fuhr aus dem Bett hoch, machte Licht und trank in der Küche ein großes Glas Wasser. Wieder erfasste ihn dieselbe unerklärliche Wut. Er schlang das Essen herunter, das noch vom Mittag dastand, ging zurück ins Zimmer und versuchte, alles nüchtern zu betrachten.

»Denken wir mal nach. Françoise schreibt mir:

*Unsere Trennung hat auch was Gutes. Ich bin mir dadurch über vieles klar geworden. Weißt du, Georges, wir haben uns vielleicht ineinander getäuscht. Auf jeden Fall haben wir zu früh geheiratet. Man muss den Mut haben, sich das einzugestehen, und ich weiß, dass du mir böse bist, weil ich meine tiefsten Gefühle vor dir verberge, noch dazu angesichts der schwierigen Lage, in der du gerade steckst …*

Wie jedes Mal seit einem Monat, wenn er den Brief las, machte ihn der Ausdruck »schwierige Lage« rasend, er wusste nicht, wieso. Was den Rest anbetraf, konnte er auch diesmal keinerlei Einwände vorbringen. Françoise hat schließlich keinen tapferen Friedensstifter aus den Nementcha-Bergen geheiratet, dachte er, keinen Typen aus dem algerischen Hinterland, der Lieder der Fremdenlegion schmettert, sondern einen jungen Englischlehrer, der wie sie Basketball spielte, sich fürs Theater interessierte und sie zum Lachen brachte. Sicher, die lästige Pflicht des Militärdienstes stand kurz bevor; aber den wollte ich dank guter Beziehungen eigentlich in Versailles absitzen, gleich hier in der Nähe. Kurz, das Ganze war Betrug. Warum hätte sie die Konsequenzen länger ertragen sollen? Für ein Mädchen in ihrem Alter sind einundzwanzig Monate ziemlich lang … Meine einzige Entschuldigung ist die, dass ich selbst nicht wusste, wer ich war. Ich hielt mich für einen stolzen Hahn, und stattdessen ist ein hässliches Entlein aus der Schale gekrochen. Auf jeden Fall war ich ein Hohlkopf …

Angenommen, überlegte er weiter, sie hätte sich einverstanden erklärt und auf mich gewartet, bis zum Schluss (aber wann wird Schluss sein?) … Angenommen, sie wäre so mutig gewesen … so dumm … selbst dann wäre sie untreu geworden, denn der Junge, den sie früher einmal geliebt hat (vermutlich geliebt hat), ist tot, mausetot! Wenn wir uns wenigstens zusammen verändert hätten. Aber wie soll ich ihr verständlich machen, was da unten mit uns passiert ist …

Den ganzen Abend brachte Lachaume damit zu, auf sie zu warten und auf ihre Schritte im Treppenhaus zu lauschen. Im Grunde war noch gar nichts entschieden – flüsterte ihm eine innere Stimme ein. Stünden sie sich erst mal gegenüber, würde ihre Liebe sie wieder vereinen. Sie würden sich ohne viele Worte verstehen. Das Verlangen nach dieser Frau quälte ihn, in diesen beiden Zimmern, in denen alles nach ihr aussah und nach ihr roch, ihr unvergesslicher Duft, ihre kleinen Angewohnheiten, die Art, wie sie ihre Pullover, die sich so weich anfühlten, über die Stuhllehne hängte.

»Ich liebe diese Frau«, murmelte er. »Sie soll jetzt endlich nach Hause kommen.«

Um Mitternacht sagte er sich, dass sie sicher gegen eins mit der letzten Metro heimkäme, und als der Zeitpunkt für die letzte Metro verstrichen war, sagte er sich, dass sie ganz bestimmt um zwei zurückkäme, da die Kneipen am Rive Gauche, in die sie hin und wieder gingen, um zwei Uhr dichtmachten.

Um halb drei war sie noch immer nicht da. Er sprang aus dem Sessel hoch, ein schrecklicher Gedanke war ihm gekommen: Françoise käme vielleicht nicht allein. Er wusste nichts mehr von ihrem Leben, vielleicht hatte sie ja einen Geliebten (ganz sicher hatte sie einen Geliebten, verbesserte er sich), schließlich ahnte sie nichts von seiner Rückkehr … Er zögerte, wie angewurzelt stand er da und lauschte auf das Geräusch von Schritten im Treppenhaus. Was sollte er tun? Das Risiko eingehen und sie mit dem Mann erwischen? Davon würde es auch nicht besser. (In solchen Fällen werden Frauen aufgrund ihres Stolzes bloß noch unzugänglicher …)

Lachaume warf ein paar Sachen in einen Koffer, kritzelte auf einen Zettel, dass er zurück sei, legte ihn gut sichtbar auf den Tisch und verließ die Wohnung.

Und überhaupt, mit welchem Recht kam er wie ein eifersüchtiger Ehemann ohne Vorwarnung zurück? Mit welchem Recht, bitte schön? Das waren seine Gedanken, während er die Treppe hinunterstürzte.

Unten auf der dunklen Straße jedoch, im lauwarmen Regen des falschen Frühlings, verließ ihn der Mut. Er wollte wenigstens *Bescheid wissen,* mit eigenen Augen feststellen, dass die Vergangenheit tot und alles hin war; er brauchte diese Gewissheit angesichts seiner plötzlichen Schwäche.

Im Schutz eines Hoftors wartete er auf ihre Rückkehr. Anfangs hielt er sogar einen Stein in der Hand, den er im Rinnstein aufgelesen hatte; er wollte dem Schweinehund, der bei ihr wäre, ordentlich die Fresse polieren. Später, als Françoise nicht kam, zog ihn die geheimnisvolle Pariser Nacht in ihren Bann, die schnaubenden Pferde der Milchhändler, die Fabrikbäcker, die durch die Torgitter in die unterirdischen Backstuben schlüpfen, die Lumpensammler, die für einen kurzen Moment aus dem Dunkel treten, die Postboten, die in ihren grünen Autos durch die Stadt fahren, und das ferne, den Morgen ankündigende Gedröhn der Sprengwagen, die in einem langen Zug unterwegs sind, um ihre Tanks aufzufüllen; diese ganze nächtliche Betriebsamkeit, die voller Vertrauen den Tag vorbereitet und für ihn keinerlei Sinn mehr ergab, sie zwang ihn wieder auf Distanz zu dieser Stadt, in der er letztlich bloß auf der Durchreise war, ein wütender Fremder, der in die Dunkelheit starrte.

Schwankend vor Müdigkeit und mit kribbelnden Beinen warf er den Stein fort. Es schlug fünf oder sechs hinterm Parc Montsouris, als auf der anderen Straßenseite Françoise aus einem Taxi stieg. Sie war allein und schien müde. Lachaume erblickte sie von Weitem, wie vom gegenüberliegenden Ufer eines undurchdringlichen Flusses. Die Entfernung erschien ihm so groß – nie würde seine Stimme bis zu ihr reichen. Er sah sie unsicher auf ihren hohen Absätzen im Haus verschwinden. Dann winkte er dem Taxi, aus dem sie ausgestiegen war und das die Straße in umgekehrter Richtung heruntergefahren kam, und ließ sich zu einem Hotel im Quartier Latin bringen.

# KAPITEL 3

Seit der Nacht, in der er auf Françoise gewartet hatte, lebte Lachaume in einem verschobenen Zeitrhythmus. Er ging bei Tagesanbruch ins Bett und stand auf, wenn es bereits dunkel war. Das kleine Hotelzimmer, das er in der Rue Saint-Jacques bezogen hatte, war dafür bestens geeignet: Es ging auf einen Innenhof, der so eng war, dass kein Tageslicht hereinfiel. Allerdings hatte Lachaume zweiundsiebzig Stunden nach seinem Einzug noch keine Gelegenheit gehabt, das zu bemerken. Es war nicht einmal bewiesen, dass dieses Zimmer über elektrisches Licht verfügte, da sein Bewohner bislang nicht auf den Gedanken gekommen war, den Lichtschalter zu betätigen, der sich sehr wohl irgendwo befinden musste.

Sobald er zurückkam, zog sich Lachaume im Dunkeln aus und schlüpfte ins Bett, das seit drei Tagen nicht gemacht worden war. Während er seinen Gedanken nachhing, angelte er sich eine Zigarette nach der anderen aus der Packung Gauloises, die in Reichweite auf dem Fußboden lag. Schließlich übermannte ihn der Schlaf und unterbrach eine letzte Zigarette, die Lachaume gerade noch Zeit hatte auf dem Fußboden auszudrücken. Und genauso war es, wenn er erwachte: Während er wieder zu rauchen anfing, blieb er mit offenen Augen lange im Halbdunkel liegen, bis der Hunger ihn aus dem Bett trieb.

Auf der Schwelle zu dem düsteren Verschlag, der als Hotelrezeption diente, fragte er im Vorbeigehen und in einem lässigen Tonfall, der ihm selbst zuwider war, ob Post für ihn da sei. Die Wirtin kam aus der angrenzenden Küche, wo ständig Betrieb herrschte, und antwortete, dass selbstverständlich nichts für ihn da sei. Die Hartnäckigkeit von Lachaume, der Françoise die Adresse seines Hotels geschickt hatte und sich einmal am Tag nach einer eventuellen Antwort erkundigte, brachte sie ganz offenbar in Rage.

»Rein gar nichts!«, sagte sie noch einmal. Ihr Gesicht war weiß und wie angeschwollen vor Wut über diesen Gast, der aus dem Rahmen fiel, der weder liebenswürdig war noch die üblichen Nörgeleien von sich gab. Man spürte, dass sie Lachaume dafür hasste und verachtete, dass er ihr Rätsel aufgab.

»Alles klar«, sagte er und lief durch den engen Flur, in dem stets ein Geruch nach Küche hing, den er von irgendwo her kannte, ohne dass er ihn genau zuordnen konnte.

Die Absurdität seiner Kämpfe hatte einen bitteren Beigeschmack, der ihn in diesem Hotel hielt. Sonst würdest du einfach weggehen, sagte er sich zuweilen. Françoise wird dir nicht schreiben, mein Lieber … Warum sollte sie dir schreiben …?

Im kalten rosagrünen Neonlicht der Imbissstuben am Boulevard Saint-Michel, die rund um die Uhr geöffnet haben, nahm er irgendwelche Schnellgerichte zu sich. Anschließend schlug er die Zeit in den Bars des Viertels tot. Die Pfeife im Mund, polterte er mit lauter Stimme los, wenn ihn jemand ansprach: »Hä? … Was?«, als wäre er schwerhörig und als würde ihn das, was man ihm sagen würde, ohnehin bloß aufbringen. In der Imbissstube in der Rue Cujas, wo er seine zweite Mahlzeit gegen drei Uhr morgens aß und die Nacht beendete, hatten ihn die beiden Barmänner darum den »hörgeschädigten Schwachmaten« getauft.

Aber da gab es noch Lena, die ihn verteidigte. »Lasst gefälligst meinen Bruder in Ruhe«, rief sie und lachte so heftig los, dass sie sich mit beiden Händen am Tresen festhalten musste. »Ach, Laaachaume, Bruderherz«, sagte sie wieder und wieder mit ihrem deutschen Akzent und lachte, als gäbe es nichts Komischeres auf der Welt als diese erfundene Verwandtschaftsbeziehung.

Sie war fünf oder sechs Jahre älter als er, was doppelt zählte, konnte aber durchaus Männer verrückt machen, die ein Faible hatten für gewisse strenge Züge und aschblondes Haar, für blaugraue, wie von einer tränenreichen Kindheit verwaschene Augen und die verzweifelte Entschlossenheit jener jungen deutschen Frauen, die sich nach dem Krieg wie ausgehungert ins Vergnügen gestürzt haben.

Sie wohnte in einem Hotel gleich nebenan, ging jeden Nachmittag einkaufen, war durch und durch abergläubisch und trank wie ein Fremdenlegionär zu jeder Tageszeit Pastis.

Sie waren sich gleich in der ersten Nacht in der Imbissstube in der Rue Cujas begegnet und trafen sich in stillschweigender Übereinkunft seither immer gegen drei Uhr morgens dort. Sie hatte ihn angesprochen, hatte lachend sein »Hä?« und »Was?« über sich ergehen lassen, sich an ihn gehängt und ihm auf Deutsch einen Satz ins Ohr geschrien, den er nicht verstanden hatte. Sie hatte sich ihm gegenüber an seinen Tisch gesetzt, das Kinn in die Hände gestützt und ihn kopfschüttelnd angesehen, als wollte sie sagen: Da haben wir ja eine schöne Bescherung! In dieser Nacht allerdings hatte sie viel getrunken, mehr als sonst, und beharrte darauf, dass Lachaume Deutscher sei, wobei sie mit der Faust auf den Tisch schlug, dass die Gläser klirrten.

Sie nahm die beiden Barmänner (die sie beim Vornamen nannte) als Zeugen:

»Sieht der Herr hier etwa nicht wie ein Boche aus?« Entrüstet wandte sie sich wieder zu Lachaume: »Du mit deiner

Leidensmiene … Dass du ein Westfale bist, erkennt man doch auf hundert Meter …«

»Wieso eigentlich Westfale?«, fragte Lachaume in der Nacht darauf.

»Keine Ahnung«, sagte sie lächelnd. »Vielleicht, weil ich selbst aus Westfalen komme und dort Jungs kannte, die wie du waren … nein, keine Ahnung …«

Auf diese Weise war Lachaume ihr Bruder geworden.

»Trinken wir was«, sagte sie zu ihm, und zwar nicht bloß, um selbst zu trinken; sie fuhr ihm durchs Haar, streichelte sanft seinen Nacken und wollte ihn damit nicht wirklich verführen. Im Übrigen war sie todmüde, als er sie zu ihrem Hotel ganz in der Nähe der Imbissstube brachte.

Ihr glühender Mund stank nach Alkohol und Anis, aber ihr Nacken duftete zart, was Lachaume dazu brachte, sie plötzlich zu umarmen. Ein Weile blieben sie so: Einer am andern, wiegten sie sich in einem imaginären starken Wind.

»Ach, Laaachaume, Bruderherz …«, sagte sie mit einem letzten erstickten Lachen an seiner Schulter.

Danach trank er in einem Café am Jardin du Luxembourg, das noch vor allen anderen öffnete, einen Crème. Der Wirt, mit gewaschenem, munterem Gesicht und feuchten, am Schädel klebenden Haaren, schmierte schwungvoll Sandwich-Brote für ebenso gewaschene und muntere Gäste. Und auf dem Weg zurück zu seinem Hotel, begegneten Lachaume noch mehr gewaschene und muntere Gesichter, mit gestriegeltem Haar obendrauf, das im Schein der noch nicht erloschenen Laternen glänzte. Aus diesem kleinen bizarren Universum, das sich emsig um ihn herum bewegte, war zuweilen ein fröhliches, leises Pfeifen zu vernehmen, das in seinen Ohren wie die Sprache eines anderen Planeten klang, als wären in der Nacht Marsmenschen auf der Erde gelandet.

# KAPITEL 4

Als Lachaume am vierten Tag aus seinem Hotel trat, stand plötzlich sein Freund Paul Thévenin vor ihm, ein junger Kardiologe mit vielversprechender Karriere.

»Da bist du ja endlich wieder«, rief Thévenin. »Kein Anruf, nichts …« Freundschaftlich klopfte er ihm mit seinem langen Arm auf den Rücken. »Françoise hat mir deine Adresse gegeben, und da ich gerade in der Gegend war, wollte ich dir höchstpersönlich eine Nachricht hinterlassen …« Am Ton seiner Stimme begriff Lachaume, dass er die ihm geopferte Zeit würdigen sollte. Als ob er noch mehr Verwirrung stiften wollte, übergab ihm Thévenin mit gespielt feierlicher Geste einen Rezeptschein, auf dem stand:

*Treulo… Tomat… du!*
*Kümmer… dich wohl ga… meh… um deine Freu…*
*Ess… wir mal zusam… Sonnt… zum Beisp…?*
*Ruf mi… Samst… 17 Uhr an.*
*Kennst ja mei… Nr.*

Ein Pfeil wies auf den Briefkopf:
Dr. Paul THÉVENIN
*Ehemaliger Assistenzarzt im Pariser Krankenhausdienst*
Rue des Belles-Feuilles Nr. 55 (16. Arr.)
Tel.: POIncaré 37–85
nur nach Terminabsprache

»Geht klar, Sonntag also«, sagte Lachaume und gab ihm aus Zerstreutheit das Rezept zurück, das Thévenin mit zufriedenem Lächeln betrachtete, bevor er es zerknüllte und mit scheinbarem Bedauern in den Rinnstein warf.

»Was machst du in der nächsten Stunde? Ich habe einen Hausbesuch in der Rue des Saints-Pères, danach bin ich bis drei viertel neun frei. Komm doch mit. Anschließend gehen wir was essen.«

Er verpasste ihm einen Klaps auf den Rücken, mit dem er ihn in Richtung seines Wagens lenkte, einem tiefergelegten schwarzen Coupé, in das er geschmeidig hineinglitt.

»Was ist das für einer?«, fragte Lachaume höflich.

»Eine Jowett«, erklärte der junge Arzt. »Aber wenn unser Gesundheitsminister Gazier so weitermacht, bin ich bald wieder zu Fuß unterwegs …«

Die Jowett schlängelte sich in schnellem Tempo zwischen den anderen Autos hindurch; ihr ruckartiges Beschleunigen brachte den Auspufftopf zum Glühen. Lachaume bemerkte, dass der Tachozähler die Umdrehungen pro Minute anzeigte – wie bei Flugzeugen.

»Ich wusste gar nicht, dass du auf Rennwagen stehst«, sagte Lachaume.

»Die Laune eines Junggesellen«, erklärte Thévenin wie jedes Mal, wenn ihm diese Frage gestellt wurde. »Und du bist also auch wieder solo, wie ich von Françoise gehört habe?«

»Ach, sie hat's dir also erzählt!«

»Aber klar, Kumpel.« Er parkte den Wagen und schaltete den Motor aus. »Ich weiß alles …« Dann gab er ihm einen Klaps auf den Rücken, wie um ihn zu beruhigen. »In zehn Minuten bin ich wieder da …«

Und ich weiß gar nichts, dachte Lachaume. Bei der Aussicht auf ein Gespräch mit Thévenin, der *alles wusste,* wäre er am liebsten weggerannt. Kaum knüpfte er wieder an sein altes Leben an, wurde alles kompliziert.

Thévenin und Lachaume waren von Kindesbeinen an befreundet, sie stammten beide aus Arras, ihre Familien standen sich nah. Nun lebten aber Madame Thévenin und Madame Lachaume, beide verwitwet, noch immer in Arras und besuchten sich regelmäßig. Sollte dort kein Gerede aufkommen, war Lachaume also auf Thévenins Stillschweigen angewiesen. An all das dachte er genervt, ja mit regelrechtem Widerwillen, als der junge Arzt sein Köfferchen auf die Rückbank warf und sich wieder ans Lenkrad setzte.

Brummend fuhr die Jowett los.

»Ein merkwürdiger Fall«, sagte er. »Seine Frau hat ihm eingeredet, er sei herzkrank. Entgegen meiner Anordnung schüttet er literweise Kampfer in sich hinein und wird irgendwann krepieren. Und das Seltsamste daran ist, dass ich tatsächlich eine Schädigung bei ihm gefunden habe, die vor einem halben Jahr noch nicht da war.«

»Ist doch normal, wenn die Frau hübsch ist«, sagte Lachaume düster.

»Verdammt, Georges, du hast dich kein bisschen verändert!«, rief Thévenin.

Dann standen sie vor einem Restaurant, dem man aufgrund seiner schlichten Aufmachung sofort ansah, was für ein vornehmer Ort es war.

»Na los, geh schon rein«, sagte Thévenin nach einem kurzen Blick auf die ausgebeulte Jacke aus falschem Tweed, die sein Freund trug. »Los, geh rein«, sagte er noch einmal und gab ihm einen Klaps auf den Rücken.

»Bin ich auch schick genug?«, fragte Lachaume in ironischem Tonfall, der unbemerkt blieb.

»Unter uns, Schottenkaros sind nicht mehr angesagt«, gab Thévenin zu. »Aber woher sollst du als Soldat das wissen …«

»Leider sieht man nicht, dass ich Soldat bin, du könntest als Erster reingehen und Bescheid sagen.«

»Spiel nicht den Dummkopf! Ich hab nur vierzig Minuten fürs Essen«, meinte Thévenin. »Lass mich vorgehen …«

Nachdem er der Frau an der Garderobe seinen schwarzen Lodenmantel überlassen hatte, erschien er in einem eleganten grauen Glencheck-Anzug, der von einer schmalen Krawatte aus grellrotem Mohair aufgelockert wurde; Lachaume in seinem Witz von Jacke folgte ihm an einen kleinen Tisch im hinteren Teil des Raumes, unterhalb eines Wandteppichs von Lurçat, auf dem Fische in einer Art Wald dargestellt waren.

An den Nachbartischen sprachen die Gäste leise oder kauten mit trübsinniger Miene im gedämpften Licht, das aus kupfernen Lampen über ihren Köpfen schien. Allerdings hing ein seltsam stechender, säuerlicher Geruch im Raum, was niemand zu bemerken schien, da sämtliche Türen und Fenster sorgfältig verschlossen waren.

Die Kellnerin begrüßte Thévenin leise mit »Guten Abend, Doktor«, aber laut genug, um gehört zu werden, denn die Tische standen sehr eng.

»Fisch und Grünzeug, wie immer?«, fragte sie.

»Einverstanden. Im Winter ist das ein guter Ersatz für Lebertran.« Er warf einen Blick in die Runde, um zu sehen, ob gelächelt wurde.

»Wie sagt unser Freund, der Unterpräfekt, so schön«, bemerkte er im Bewusstsein, dass man ihn hörte: »Hier bist du in einem Edelschuppen für einfache Leute.«

»Was treibt er?«, fragte Lachaume (der Unterpräfekt war ein Freund aus Kindertagen).

»Er unterpräfektiert aus Leibeskräften!«, posaunte Thévenin, der eindeutig in Schwung kam. »Sieh einer an! Guck mal, die Brünette da drüben«, sagte er leise, »die am Kamin. Das ist die kleine L. B. vom *Express* …« Er tippte sich an die Nase, was auf einen Hintergedanken à la Don Juan anspielte. »Hier sitzen eine Menge Leute aus dem Umfeld von Mendès-France. Mendès selbst kommt manchmal auch hier vorbei …«

»Du kennst den Ministerpräsidenten?«, fragte Lachaume und wurde etwas lebhafter. »Hast du dich mit ihm unterhalten?«

»Ja, kurz. Ich sitze im Komitee der Radikalsozialisten, zweiter Wahlbezirk«, erklärte der junge Arzt und blickte zur Decke. »Eine wirklich lästige Bürde!«

Die »Fischplatte« wurde gebracht, und endlich verstand Lachaume, woher der säuerliche Geruch im Raum kam. Vor ihm stand ein großes Holztablett, darauf zwanzig Schälchen, in denen zwanzig verschiedene Sorten Fisch in einer Tunke lagen, jeweils mit einem Schild versehen, wie im Aquarium am Trocadéro. Was das »Grünzeug« betraf, handelte es sich um einen Teller rohes Gemüse, das nach dem neuesten Trend ungeputzt serviert wurde.

Lachaume schlug sich die Hände auf die Wangen:

»Du glaubst es nicht! Du glaubst es einfach nicht!« Angesichts der Erbsenschote in seiner Hand schüttelte er den Kopf, als wäre in seiner Lage nichts lächerlicher und zugleich kläglicher als eine Erbsenschote. »Das gibt's nicht!«

»Das ist Paris«, sagte Thévenin lächelnd. »Gibt es noch einen Ort in der Welt, wo du bereitwillig fünfhundertfünfzig Mäuse für dieses Zeug hinblättern würdest?«

»Und das ist noch zu wenig«, meinte Lachaume. »Nichts ist jemals teuer genug.«

Thévenin sah ihn auf jene aufmerksame und ruhige Art an, die man seinem Beruf zuschrieb, die er aber von jeher an sich gehabt hatte. Thévenin hatte die vier Jahre, die er älter war, immer sehr ernst genommen.

»Los, erzähl schon!«, befahl er, den Mund voll mit Hering aus Scheveningen.

»Was erzählen?«, brummte Lachaume. Panik erfasste ihn beim Gedanken daran, über den Algerienkrieg berichten zu müssen, hier, inmitten all dieser Leute, die in der Hoffnung, das Gespräch am Nachbartisch sei interessanter als ihr eigenes, so gut wie schweigend aßen. Nein, er hatte ihnen nichts zu sagen, diesen Leuten, für die er weder Sympathie noch Verachtung empfand. Am Nachbartisch knabberte, den Kopf ein wenig schräg gelegt, eine wunderschön geschminkte junge Frau mit belustigtem Gesichtsausdruck an einer kleinen Lauchstange. Jedes Mal, wenn sie ein Stück abbiss, zitterten ihre langen venezianischen Ohrringe, was den Eindruck entstehen ließ, sie erschauerte am ganzen Leib unter einer heimlichen Liebkosung. Dieser Schönheit etwas über Algerien erzählen zu wollen, kam Lachaume derart absurd vor, dass er unwillkürlich lächelte. Allerhöchstens im Bett, nach dem Sex, dachte er und ärgerte sich sogleich über diese Geistlosigkeit, schließlich verspürte er weder Lust, die Frau zu liebkosen, noch wollte er ihr etwas über die *Douars,* die kleinen Dörfer in den Nementcha-Bergen, erzählen.

»Los, sag schon. Verlässt du Françoise?«

Wie dumm von mir!, dachte Lachaume. Von Paris aus betrachtet ist das natürlich das Wesentliche … Tatsächlich sah die Schönheit mit den venezianischen Ohrringen auf jene verstohlene Art zu ihm herüber, mit der Männer bedacht werden, die gerade wieder solo sind.

»Ja, ich glaube schon«, sagte er schließlich.

»Hast du jemand anderes?«, fragte sein Freund leise.

Es kam ihm vor, als lauschten zwanzig Ohren gespannt auf seine Antwort.

»Ja«, sagte er, um die Sache abzukürzen.

»Und darf man erfahren, wen?«

»Nein.«

»Ich verlange ja nicht ihren Namen«, meinte Thévenin empört und legte ihm die Hand auf den Arm. »Ich will nur, dass du sie mir beschreibst …«

»Sie ist Deutsche.«

»Jetzt verstehe ich!«, meinte der junge Arzt und lehnte sich zurück. »Du hast sie letztes Jahr in Koblenz getroffen, kleiner Heimlichtuer …«

»Ja, genau«, sagte Lachaume.

»Aha, verstehe!«, wiederholte Thévenin. Sein Gesichtsausdruck verriet eine solche Zufriedenheit, dass es Lachaume fast peinlich war.

Was lüge und verschweige ich hier eigentlich immerfort?, fragte er sich. Wieso wird mir die Kehle trocken, wieso kann ich meinem alten Freund nicht mehr ins Gesicht sehen? Was ist bloß los …

»Wie lange hast du noch?«, fragte Thévenin. »Sechs Monate?«

»Wie kommst du auf sechs Monate?«

»Doch, doch!«, bestätigte er. »Als ich neulich in der *Le Monde* las, dachte ich gleich an dich …« Thévenin war wirklich erstaunlich! Er hatte sich die Zahlen und Daten aus der letzten Mitteilung des Verteidigungsministers gemerkt. Wie ein Rekrutierungsoffizier jonglierte er mit den Nummern der Einheiten, und da die 55/1 siebenundzwanzig Monate dienen musste, verkündete er dem Unteroffizier Lachaume, dass er am ersten September kommenden Jahres entlassen würde, allerspätestens am fünfzehnten, der ideale Zeitpunkt, um nach Saint-Tropez zu fahren und seine Zehen ins Meer zu tauchen, da wäre es auch nicht mehr so überlaufen. »Wir fahren zusammen hin«, versprach er, »falls Seine Durchlaucht der Herzinfarkt mir Urlaub gewährt ...«

Zum ersten Mal senkte Lachaume unter dem Ansturm der genauen Fakten und Zahlen nicht den Kopf.

»Warum lächelst du?«, fragte Thévenin, eine Spur unsicher geworden.

»Bloß so«, sagte Lachaume. »Es ist schön, dich zu sehen ... Du bist lustig, alter Knabe.«

Der junge Arzt runzelte die Stirn und warf einen kurzen Blick auf seine Krawatte aus rotem Mohair, als wäre sie es, die Lachaume lustig fand. Er wusste nicht mehr, in welchem Ton er mit ihm reden sollte. Gemeinplätze kamen ihm in den Sinn, dass der Krieg junge Leute in Greise verwandelte, und er verspürte eine Art leisen Schreckens, beim Gedanken daran, dass derlei literarische Plattitüden sich auf jemand Lebendiges beziehen sollten, obendrein auf einen Freund. Das Ganze war äußerst peinlich. Er sah auf die Uhr:

»Schon fünf nach halb, in zehn Minuten mach ich mich auf.«

»Noch ein Patient?«, fragte Lachaume und sah weg.

»Nein, die Gewerkschaft. Wir halten Kriegsrat ...« Sofort bereute er seine Wortwahl. »Es stimmt wirklich«, sagte er. »Ich muss unbedingt hin, ich bin Protokollant ...« Da Lachaume ein gewisses Interesse bekundete, erläuterte er in aller Ausführlichkeit, was man zu der Zeit den »Gazier-Plan« nannte, abgeleitet vom Namen des Gesundheitsministers, der die Honorare von Ärzten einem offiziellen Tarif unterstellen wollte. »Das geht bloß wieder auf Kosten der Qualität«, meinte Thévenin. »Zum Ausgleich wird man die Zahl der Behandlungen erhöhen. Und außerdem: Warum sollte die Medizin noch vor der Eisenindustrie oder den Banken verstaatlicht werden?« Er nutzte die Gelegenheit, um noch ein wenig an dem zu feilen, was er gleich vor seinen Kollegen sagen würde. Während er redete, sah ihm Lachaume mehr zu, als dass er ihm wirklich zuhörte, wie bei den Filmvorführungen bei der Armee, wenn der Ton fast nicht zu hören ist. Durch die gedämpfte Musik im Raum wurde der Eindruck, in einem Kino zu sein, noch verstärkt.

»Zehn vor: Ich zieh los.«

Thévenins Lippen hörten auf, sich zu bewegen.

Gut. Das war's, dachte Lachaume draußen auf dem Gehweg, während er darauf wartete, dass sein Freund seinen Loden an der Garderobe holte. »Good bye, Doktor Thévenin!«

»Soll ich dich irgendwo absetzen?«

»Nein, danke«, sagte Lachaume und schüttelte den Kopf. »Mach schon, fahr los.«

Sie klopften sich in absurder Weise auf Rücken und Schulter, gaben sich schließlich ungeschickt die Hand. Lachaume konnte es nicht erwarten, dass er endlich wegfuhr. Wozu das alles?, dachte er. Good bye, Sir … Brummend zog die Jowett davon, stoppte aber plötzlich nach zwanzig Metern. Thévenin steckte den Kopf aus der Tür.

»Hä?… Was? …«, grummelte Lachaume stirnrunzelnd, als hätte er nicht mitbekommen, dass man ihn rief. Widerwillig ging er zu dem Auto.

»Hör mal …«, sagte Thévenin und fasste ihn am Arm, »wo bist du um Mitternacht? In dem Schuppen hier kann man nicht reden … Treffen wir uns um Mitternacht, ja?«

»Was? …«, brummte Lachaume mit gekrauster Stirn. »Mitternacht? … Meinetwegen.«

Die Wut ließ ihn nicht mehr los. Das Heringsessen hatte ihm unstillbaren Durst gemacht. Mit der Pfeife im Mund ging er in Kneipen, wo er Bier und Whisky in einem wilden Mix trank. Alles, was er sah und hörte, brachte ihn auf, einfach, weil er es sah und hörte. Die Wut hatte seinen gesamten Körper erfasst, aber er ließ sich nichts anmerken, mit keiner Geste, keinem Blick, die Zunge vom Mundstück der Pfeife wie festgenagelt. Er trank bis Mitternacht, hin und wieder holte er zerknitterte Geldscheine aus seiner Hosentasche, die er vor sich auf den Tresen legte, wobei er achtgab, dass weder seine Finger noch ein Blick, und sei er noch so flüchtig, seine schwarze Wut verrieten, die er angesichts der Scheine verspürte, dieser Scheine, mit denen seine Taschen vollgestopft waren und die ihm durch den schweißnassen Stoff hindurch wie ein Schmutzfleck an der Haut klebten.

Sein schlaffes und bleiches Gesicht bestürzte Thévenin, als er um Mitternacht in das Bistro kam, in dem sie verabredet waren. Ach so, er ist besoffen!, beruhigte er sich gleich darauf. Vollkommen blau … Er zwang sich, nur Lachaumes Rausch zu sehen. Er knöpfte ihm den Kragen seines Hemdes auf und bestellte einen großen Kaffee. Mit glasigem Blick, in dem Thévenin nur die Ausdünstungen des Alkohols erkennen wollte, ließ Lachaume alles über sich ergehen.

Anschließend redete Thévenin mit ihm, wie man mit einem Besoffenen redet, das heißt – vorausgesetzt, man ist tolerant – wie mit einem Hund, der sein Frauchen verloren hat.

»God damn!«, schrie Lachaume plötzlich und krauste die Stirn. »Wenn ich Sie recht verstehe, my Lord, sprechen Sie mit Soldaten auf Soldatisch, so wie Sie mit Negern auf

Negrisch sprechen würden! Tun Sie mir den Gefallen und formulieren Sie ein paar zusammenhängende Sätze, und dann … Hoch die Tassen!« Er haute mit der Faust auf den Tisch.

Thévenin lächelte schwach.

»Was gibt's Neues im Ta-Rif-Krieg?«, fragte Lachaume mit Grabesstimme. »Wird Abdel Gazier für seine Verbrechen bestraft?«

»Sofern die Regierung im nächsten Monat nicht gestürzt wird«, begann der junge Arzt, ohne das traurige Wortspiel seines Freundes zu begreifen.

»Die Regierung stürzen? Ja, wo gibt's denn so was? Frankreich hat wirklich keine Manieren mehr!«

Lange witzelte Lachaume in finsterem Ton herum wie ein Totengräber bei Shakespeare. Er sah kreidebleich aus, was keineswegs Blässe war, sondern allem Anschein nach Wut, die auf seinem Gesicht kondensiert war wie Wasserdampf an einer kalten Fensterscheibe. Plötzlich hörte er auf zu reden, und der bizarre Ausdruck verschwand langsam. Gleich schläft er ein, dachte Thévenin, der nur den Rausch sehen wollte.

Er lullte ihn mit belanglosen Anekdoten ein. Voller Freude sagte er sich, dass er ein gutes Herz habe, und lächelte gerührt beim Anblick dieses großen mürrischen Jungen, den er wie einen jüngeren Bruder liebte. Armer Georges! Hätte er seinen Militärdienst vorm Staatsexamen abgeleistet, wäre er nicht in diesen Schlamassel geraten. Wirklich Pech … Der Gedanke jedoch, dass dieses Unglück auf die eine oder andere Weise auch ihn ereilen könnte, streifte ihn nicht mal. Der Algerienkrieg war den unter Dreißigjährigen vorbehalten wie die Staublunge den Bergleuten; gegen beides war Thévenin gefeit.

Irgendwann wollte Lachaume etwas sagen. Die Lippen halb geöffnet, hob er seine Hand, gab dann aber kopfschüttelnd auf, wie ein Ausländer, der vergeblich nach Worten sucht. Als er begriff, dass Thévenin diese Unfähigkeit seinem Rausch zuschrieb, legte er eine Art mitleidiger Verärgerung an den Tag, während er mit seinen Fingernägeln mechanisch das Glencheck-Muster auf dem Ärmel seines Freundes nachzog. Seine Finger zitterten.

»Hör zu«, sagte er schließlich mit heiserer, ungewohnter Stimme. »Ich frage dich jetzt eine einzige Sache … nur eine!« Er hielt kurz inne, als würde ihm die Erbitterung die Luft abschnüren, und platzte heraus:

»Wann und wie wird das enden?«

Und dann sagte er es noch einmal, aber lauter:

»Wann und wie?«

Thévenin wagte nicht, seinem Blick zu begegnen, dessen kalten Schein er beinahe körperlich spürte. Während er nach einer Antwort suchte, die er nie finden würde, hallten die beiden Wörter in seinem Kopf nach. Wann und wie? Woher zum Teufel soll ich das wissen?, dachte er aufgebracht. Ich sitz' nicht in der Regierung … Und was wusste die Regierung schon davon? Blitzartig tauchte vor seinem inneren Auge das schweißglänzende Gesicht des Gesundheitsministers wieder auf, der sich das Kinn mit einem weißen Taschentuch abwischte, an dem noch das rote Schild der Reinigung hing …

Schließlich ging ihm Lachaume mit seinen existenziellen Fragen auf die Nerven! Immer musste er alles dramatisieren, das war typisch für ihn! Sicher, dieser Krieg war kein Zuckerschlecken, aber die Verluste waren minimal, auf fünfhunderttausend Mann kamen nicht mal zweitausend Gefallene. Er rechnete im Kopf aus, was das in Prozenten hieß: 0,4 %. Unbedeutend! Am Steuer meines Wagens bin ich genauso gefährdet wie Lachaume in Algerien, dachte er. Dieser Gedanke ließ ihn aufblicken.

»Das ist nicht der springende Punkt«, begann er in einem bemüht milden Ton. »Auf unseren Versammlungen sprechen wir jede Woche darüber, wie sich der Krieg beenden ließe. Und Hunderte von Leuten machen dasselbe; die besten Köpfe dieses Landes denken darüber nach. Ich brauch sie dir nicht aufzuzählen, oder? Abgesehen von ein paar alten Trotteln und einer Handvoll Karrieristen hält die französische Elite diesen Krieg für absolut sinnlos. Und zwar die gesamte Elite, mein Lieber! Das Wort ist schrecklich, aber die Sache existiert.« Er hatte die vage Hoffnung, Lachaume würde die Existenz der Elite bestreiten. »Gut. Wo war ich?« Er nahm einen großen Schluck Pschitt-Limonade. »Der Krieg, sagte ich, wird als ein Unding betrachtet. Aber das Übel ist nun mal in der Welt. Machen wir uns keine Illusionen. Der Frieden wird also durch den Krieg bedingt und umgekehrt ... Ich mach mich vielleicht besser verständlich, wenn ich dir sage, dass Frankreich an einer Nervenkrankheit leidet, denn dieser Krieg weist ja Gott sei Dank keinerlei Anzeichen einer Blutung auf. Die Lebensadern sind nicht betroffen. Die Nerven versagen einfach. Nur: Nervenleiden erfordern eine lange Behandlung. Frankreich zu heilen wird lange dauern. War Mendès-France nicht auch acht Jahre lang ein Rufer in der Wüste, bevor er in Indochina Frieden schließen konnte? Unter ein paar Jahren wird's mit Sicherheit nichts ...«

Da Lachaume eine Geste andeutete, fuhr er energisch fort:

»Aber darum geht es nicht. Dein Fall ist eindeutig. In sechs Monaten bist du frei, ob der Krieg nun aus ist oder nicht. Andere werden an deine Stelle treten. Ich verstehe natürlich, dass du dich sorgst, das ehrt dich, aber ich muss dich wirklich vor deiner Überempfindlichkeit warnen. Täusch dich nicht in deinen Gefühlen. Lass deine rührseligen Sorgen fahren und übertreib's nicht mit dem Alkohol, wenn ich das sagen darf … du trinkst nämlich wie einer aus der Afrika-Armee!«

»Ich bin ja auch einer!«, brüllte Lachaume und schlug auf den Tisch. »Ich bin ein Bat-d'Af, eine Blaujacke, ein Landser in der hintersten Provinz, irgendein Typ aus der Fremdenlegion … Und du auch, Thévenin! Du bist auch einer …«

»Schon gut. Trotzdem solltest du weniger trinken und regelmäßig schlafen.«

»Warum sollte ich?«

»Ich gebe dir ein Schlafmittel, ich muss noch was im Wagen haben«, meinte der junge Arzt. »Kopf hoch, Kumpel! Sechs Monate sind schnell um, du wirst sehen …« Er stand auf, strich seine Weste glatt und richtete geflissentlich seine schöne Krawatte. »Das Leben ist wahrlich kein Zuckerschlecken«, seufzte er und legte seinen Kragen wie ein Zaumzeug an. »Keine einzige Minute hat man für sich! … Sollte der Gazier-Plan durchkommen, wechsle ich den Beruf …«

Am Auto gab er Lachaume einen letzten kleinen Klaps. Er sah mitgenommen aus.

»Bis in sechs Monaten also«, sagte er.

»Bis in sechs Monaten«, antwortete Lachaume. »Oder in sechs Jahren.«

# KAPITEL 5

Zuerst ist da ein Lied. Es breitet sich im Raum aus, als würde die Sängerin langsam zwischen den Tischen herumgehen und in jeder Ecke etwas von ihrem Lied singen, und auch in die Höhe wabert es, wie ein Parfum, das man versprüht. Allerdings hinkt der Vergleich mit dem Parfum, denn das Lied hat eher die Wirkung eines starken Fusels. Es rüttelt einen gründlich durch.

Hier der Refrain, den eine heisere Vorstadtstimme in wütendem Ton singt und dabei jede einzelne Silbe betont:

*Java!*
*Was machst du da*
*In den Armen*
*des Akkordeonspielers!*

Ganz klar: Sähe man diesen Unsinn gedruckt vor sich, anstatt ihn zu hören, fände man das Ganze ziemlich nichtssagend. Aber welche Kraft bekommt dieser Unsinn, unterlegt man ihn mit einem Javarhythmus! Man kann sich ihm einfach nicht entziehen, schon gar nicht, wenn man voller Bitterkeit ist oder gerade betrogen wurde und einem trotz der Ordnung ringsherum alles verschoben vorkäme, weil man keinen Durchblick hat.

Da ist also dieses Lied, das sich im Raum ausbreitet, jedoch keine Sängerin, wie man anfangs vielleicht dachte. Das Lied kommt aus einer Maschine, an der wie ein trauriger Flamingo ein junger Mann auf einem Bein steht, dessen Gesicht im Halbdunkel nicht zu sehen ist. Wen kümmert's! Seine Rolle beschränkt sich darauf, von Zeit zu Zeit ein paar Zwanzig-Francs-Münzen in seiner Hand zu schütteln, mit denen er, wenn das Lied vorbei ist, die Platte wieder zum Spielen bringt:

*Java!*
*Was machst du da*
*In den Armen*
*des Akkordeonspielers!*

Dann ist da noch die Imbissstube (deren eine Hälfte im Halbdunkel liegt), das gedämpfte Geräusch der letzten Gespräche, kurzes Geschrei und Gelächter, die feuchte, mit Küchengerüchen durchsetzte Wärme, Gläser, mit denen hier und da angestoßen wird.

Und schließlich die bizarren rosa und grünen Neonstreifen, die über dem Tresen an der Decke entlanglaufen und dessen kurvige Form wie ein Spiegelbild nachzeichnen, und zwar so präzise, dass man schließlich nicht mehr weiß, von wo das Licht kommt, ob es sich senkt oder ob es aufsteigt, ob man also auf dem Kopf steht oder auf den Füßen.

Eine elektrische Uhr an der Wand zeigt an, dass es ungefähr halb vier ist. Mit leisem Klacken, das wie das Geräusch einer platzenden Glühbirne klingt, rückt der große schwarze Zeiger alle zwei Minuten ein Stück vor. Mit abgespannten Mienen, in zerknitterten, fleckigen weißen Jacken treten die Kellner hinterm Tresen von einem schmerzenden Fuß auf den anderen. Vermutlich ist Wochenende.

Halb ausgestreckt auf der Sitzbank, streichelt Lachaume Lenas Hals, die, Ellbogen auf dem Tisch aufgestützt, Zeitung liest. Vor ihr stehen zwei große leere Gläser, auf deren Untertassen die feuchte Asche zu schwarzem Matsch geworden ist.

Er flüstert: »Lena! Lena! Du liest die Pferdewetten in *Paris-Turf,* trinkst deinen Pastis, zündest dir eine Gauloise an und scherst dich kein bisschen um mich.«

Und wieder hört man:

*Java!*
*Was machst du da*
*In den Armen*
*des Akkordeonspielers!*

Er beugt sich zu ihr, fährt ihr mit einer Hand durch das dicke Haar, dessen dichte Locken sich um seine Finger wickeln, und küsst sie in den Nacken. Sie reagiert nicht.

Er betastet seine Lippen, als wollte er die Wirkung überprüfen. Schwer zu sagen, ob die Hand kalt ist und die Lippen warm oder umgekehrt. Ebenso schwer ist es, mit der Zunge zu schnalzen oder den Fingern, und auch der Boden ist eigenartig beschaffen: Er kann noch so heftig aufstampfen, es ist kein Laut zu vernehmen.

»Lena! Lena! Hörst du mich?«

Wieder erklingt:

*Java!*
*Was machst du da*
*In den Armen*
*Eines Akkordeonspielers!*

Langsam wandert die Sängerin durch den halbdunklen Raum. Es ist die Frau deiner Träume, gekleidet nach deinen Vorstellungen, doch sie tanzt mit erhobenen Fäusten den Java-Chaloupée. Sie sucht nach jemandem, und jeder hier zittert, als wäre er der Gesuchte, der sich einfach nicht aufspüren lässt, weil er geborgte, viel zu enge Sachen trägt und auch sein Gesichtsausdruck nur ausgeborgt ist und wie eine Narbe spannt. Froh darüber, unerkannt zu bleiben, atmet jeder erleichtert auf und begreift doch nicht, wie schmerzvoll es wäre, hier zu sitzen und das zu tun, was man eben tut, und warum man insgeheim noch immer hofft, wie ein Lausbub mit einer Tracht Prügel nach Hause gejagt zu werden.

Wie unsinnig!, denkt Lachaume, den Kopf in die Hände gestützt. Bereits in der Kindheit ist man voller Tatendrang. Schon als Dreikäsehoch verkündet man: Wenn ich groß bin, mach ich dies oder jenes, und die Mutter findet's gut und der Vater überhaupt nicht … Wie unsinnig! Man isst seine Suppe, wird älter, trägt lange Hosen, dann heißt es Abi bestehen, man spaziert mit seinem Tintenfass an einer Schnur herum … Ah, wenn ich das verdammte Kind erwische, das mir die Schnur gegeben hat, dem würde ich was erzählen! … Wie unsinnig!, denkt er, den Kopf in die Hände gestützt. Doch als er zu sprechen versucht und Lena am Handgelenk packt, damit sie ihm zuhört, kann er nur schreien:

»Sollen sie sich doch alle aufhängen an ihrer blöden Schnur! Sollen sie sich doch alle …«

Seelenruhig, so als hätte man ihr schon immer grundlos das Handgelenk zerquetscht, befreit Lena sich aus seiner Umklammerung und sagt:

»Du bist sternhagelvoll.«

»Sternhagelvoll! Sternhagelvoll!«, sagt er entrüstet und äfft ihren deutschen Akzent nach. »Was hast du gegen Sterne?«

»Trinken wir was«, sagt sie.

»Nein. Mir reicht's. Wieso soll ich was trinken, wenn ich sternhagelvoll bin? Was redest du für einen Mist?«

»Okay«, sagt sie, »dann bist du eben nicht sternhagelvoll.«

»Klar bin ich voll! Und wie! Jeder hier sieht das, bloß du nicht.«

»Hör mal«, sagt sie. »Vorhin hab ich ein Taxi genommen …«

»Ich will tanzen!«, verkündet er. Er steht abrupt auf und versucht, sie mit sich zu ziehen. »Los, tanzen wir. Bloß ein paar Schritte, dann wird uns bestimmt warm … Komm schon!«

»Hier drin tanzt man nicht«, sagt sie.

»Soll doch einer versuchen, mich dran zu hindern!«, ruft er wütend und blickt sich finster um. »Na und? Hier drin ist es arschkalt …«

Als hätten die Männer in ähnlichen Situationen schon immer auf diese Weise gelogen, geht Lena auf diese absurde Lüge nicht ein und bugsiert ihn seelenruhig wieder an den Tisch zurück.

»Hör mal«, sagt sie. »Vorhin saß ich in einem Taxi zur Rennbahn in Longchamp, da sagt der Fahrer zu mir: ›Schpillen Sie Tjerzett, Madame?‹ Ein echter russischer Baron mit gelbem Schnurrbart, aber kanariengelb. Ich sag zu ihm: ›Ja, Exzellenz.‹ Und er zu mir: ›Aberrr nach wälcher Rägel schpillen Sie Tjerzett, Madame?‹ Und ich darauf …«

»Was redest du da für wirres Zeug?«, unterbricht Lachaume sie mit traurigem Gelächter. »Du mit deinem Akzent … imitierst einen Russen, der Französisch spricht! Das ist die beste Philosophiestunde, die ich je hatte. Wir sollten eine Aufnahme für den Schulunterricht davon machen.«

»Ich frag ihn also: ›Und Sie?‹ Und er sagt: ›Einfach, ganz einfach, ich schpille die Nummär meines Wagens richtig rum an ungäraden Tagen und andersrum an gäraden Tagen: 423-324-423-324... So ist das Glück immer auf meiner Seite.‹«

Wieder erklingt:

*Java!*
*Was machst du da ...*

»Ich habe einen Kumpel, der tanzt Java wie ein Profi. Dem würdest du keinen Korb geben! Mit seinen spitzen Zähnen guckt er dich an, als wollte er sich auf Teufel komm raus mit dir anlegen. Weißt du, ich hab nichts gegen ihn, aber bei Typen, die rumspinnen und sonst was erzählen, bin ich misstrauisch. Sie lassen dich bei der erstbesten Gelegenheit im Stich. Du nicht, Lena, oder?«

Und sie:

»Hör zu: Ich spiele also die 423 und verliere. Dabei hätte ich die 324 spielen müssen, Laaauchaume, heute ist nämlich der 30., bloß dass ich die Zeitung von gestern hatte! Verstehst du, die 324 wäre richtig gewesen! Also hab ich mir gesagt: Geh zurück zu deiner Mutter, meine kleine Lena, du taugst nichts mehr, krabbel wieder unter ihre Rockschöße. Ich verkünde dir also hiermit die große Neuigkeit: Ich fahre zu meiner Mutter zurück, ich krabbel wieder unter ihre Rockschöße. Schließlich ist sie meine Mutter, sie wollte mich haben, das Mädchen in der Familie. Also soll sie auch aufpassen auf mich, ihre Tochter.«

Und er:

»Was meinst du, Lena, gibt es Typen, die wirklich Mumm haben? Die Wort halten ...«

»Und was ist mit deiner Mutter?«, fragt sie. »Besuchst du sie gar nicht? Wünscht sich die Frau denn nicht, dass du sie in den Arm nimmst und sie zärtlich drückst? Es ist immer dasselbe. Es geht nicht. Man kommt nach Hause und sagt: ›*Guten Morgen, liebe Mama.*‹ Alles ist toll, der *Strudel* ist im Ofen, der herrliche Duft der Nüsse steigt einem in die Nase, und schon linst man wieder rüber zur Tür. Es funktioniert einfach nicht, warum ist das bloß so?«

»Ich weiß es nicht«, sagt er.

»Und bei den anderen, all den anderen, die genau so eine Leidensmiene hatten, war es das Gleiche«, erzählt sie weiter. »Und trotzdem wären sie am letzten Tag, am Ende des letzten Tages, jedes Mal gern nach Haus gefahren. Trotz allem. Einfach bloß, um ihre Mutter zärtlich zu drücken, und danach noch ein bisschen *Strudel*. Ein bisschen *Strudel* davor und danach, aber dazwischen den andern zärtlich drücken. Klar, *draufgängerisch* ist so was nicht, aber man sollte es tun!«

Und er:

»Hast du viele Soldaten gekannt?«

»Was meinst du mit ›gekannt‹?«, fragt sie gereizt.

»Na, gekannt eben«, sagt er. »Man gibt die Hand, trinkt ein Gläschen, redet. Hast du viele gekannt, Lena?«

»Tausende«, sagt sie. »Es gibt nur solche.«

»Und was haben sie gemacht?«

Sie lacht:

»*Eins! Zwei! Eins! Zwei!* So haben sie gemacht!«

»Nein«, sagt er und schüttelt den Kopf. »Nein … Was haben sie *wirklich* gemacht?«

»Wie *wirklich*? … Du bist sternhagelvoll. Geh ins Bett … Sich volllaufen lassen und dann den Mädchen auf den Wecker fallen, das haben sie *wirklich* gemacht.«

»Nein, überhaupt nicht«, sagt er und schüttelt wieder den Kopf. »Das meine ich nicht. Absolut nicht.«

Und wieder ist zu hören:

*Java!*
*Was machst du da …*

»Trinken wir was«, sagt sie.

Da er nickt, bestellt sie zwei Pernod.

»Ach, Laaachaume, Bruderherz«, sagt sie und stößt mit ihm an. »Ich trinke auf deine Gesundheit.« Sie legt ihm den Arm um den Hals, gräbt ihre Fingernägel in seinen Nacken und zieht ihn zu sich heran. Stirn an Stirn sitzen sie da.

»Erzähl mir, was sie gemacht haben, als nichts mehr ging, absolut nichts mehr«, flüstert er.

»Wer?«

»Die Soldaten«, sagt er. »Die … anderen Soldaten.«

*»Mein Gott!«*, ruft sie und rückt ein Stück von ihm weg. »Wenn die Franzosen jetzt genauso blöd und verbohrt werden wie die Deutschen, weiß man ja gar nicht mehr, wohin man soll! Schweden ist frigide, Italien oberlehrerhaft, Spanien … bankrott! Nur in Japan kann man scheinbar noch Spaß haben. Also auf nach Japan, Bruderherz.«

Sie lacht kurz und schlägt sich auf die Schenkel.

»Lass uns nach Japan gehen und reich werden. Wir eröffnen ein französisches Restaurant … Kannst du kochen? Ach, nicht so wichtig! Ich kenne einen Typen, der überhaupt nichts konnte und in Japan reich geworden ist. Er ist sogar hingeschwommen, sein Startkapital war sozusagen nur seine Unterhose. Und jetzt ist er stinkreich. Seine Mutter wohnt in Dortmund. Wenn du sie in ihrem lächerlichen Kimono sehen könntest! Wie geziert sie sagt: ›Ja, ja, Wolfgang war schon immer ein guter Schwimmer.‹ Das ist wichtiger als sämtliche Diplome der Welt, mein lieber Herr Professor«, fügt Lena lachend hinzu. »Du kannst doch hoffentlich schwimmen?«

»Ja«, sagt er mit trotziger Miene. »Aber wie hat der Typ es denn bis dorthin geschafft?«

»Ich weiß nicht mehr genau … Er war bei der Fremdenlegion in Indochina, glaube ich, und ist irgendwo von Bord gesprungen, in der Gegend um Java rum. Jedenfalls gab's eine Menge Haie dort … erzählt seine Mutter, aber sie übertreibt gern.«

Und wieder hört man:

*Java!*
*Was machst du da …*

Lachaumes Gedanken wandern zu Lasteyrie zurück. Er sieht ihn wieder vor der Gare de Lyon stehen, wie er sich zum Gruß mit zwei Fingern an die Schläfe tippt und sagt: »Sollte ich am Dritten abends nicht auftauchen, wartet nicht auf mich!« Was, wenn das nicht bloß leeres Gerede war? Wenn Lasteyrie nun tatsächlich nicht auftauchte am Dritten? Er sieht sich schon vergeblich in der Bahnhofshalle Ausschau halten nach Lasteyrie. Bei dem Gedanken wird sein Mund ganz trocken, und er kippt mechanisch ein paar große Schlucke Pernod. Der bringt es fertig und lässt uns hängen, denkt er. Der ist imstande dazu … Er fühlt sich reingelegt, hintergangen. Er möchte Lasteyrie jetzt sofort zur Rede stellen, damit er Klarheit hat. Aber er kennt die Adresse seiner Eltern nicht, er weiß nicht mal mehr, ob sie in Billancourt oder in Boulogne wohnen. Er erkennt plötzlich, dass er Lasteyrie gegenüber ungerecht war. Sein dauerndes Gemecker und die Schwarzmalerei waren ihm immer auf die Nerven gegangen, ganz zu schweigen von seiner anzüglichen Art, vor allem den Gesten, die Lachaume peinlich waren – als wäre er damals ein unschuldiges Mädchen gewesen, denkt er voller Wut.

Die leeren Gläser werden durch volle ersetzt. Den Geschmack von Anis erträgt er nicht mehr; er trinkt ohne Durst, wie man sich eine Strafe auferlegt. Er hat den Eindruck, seine Gedanken klären sich, bis sie zu einem einzigen großen Gedanken verschmelzen: Lasteyrie ist auf und davon. (Niemals wieder wird sein Hauptmann ihn duzen; niemals wieder wird sein Blick dem der Dorfbewohner in den brennenden *Mechtas* begegnen; nie mehr werden ihm, halb tot vor Angst, der Finger am Abzug, Hass und Scham das Herz zerreißen.) Und du, was wirst du tun, Lachaume?

»Lena! Ich bin ein junges unschuldiges Ding«, murmelt er. »Ich muss aufgeklärt werden.«

»Aber gern!«, meint sie lachend. »Liebend gern kläre ich junge, unschuldige Dinger auf … Also, womit fangen wir an? … Was ist das Wichtigste im Leben? Rate.«

»Hab's vergessen.«

»Der Zufall!«, ruft sie und hebt den Zeigefinger. »Das Wichtigste in der Welt ist der Zufall … Fangen wir am besten mit einer Partie 421 an.«

Es werden ein Spielbrett und Würfel gebracht, dazu zwei weitere Pernod. Sie zündet sich eine Zigarette an, reibt sich kurz die Hände an ihrem zerknüllten Taschentuch trocken, streift die Ärmel ihres Pullovers hoch und zwinkert ihm zu:

»Um was spielen wir?«

»Um Japan.«

»Nein, Japan gilt nicht, das ist bloß ein Witz. Spielen wir um tausend Francs.«

Sie würfelt als Erste, gibt an ihn weiter. Wenn ich mit den nächsten drei Würfen eine ungerade Nummer hinkriege, denkt er insgeheim, verschwinde ich wie Lasteyrie. Er würfelt: 642 … verloren!

»642: gewonnen!«, sagt sie. »Du bist noch mal dran.«

Er würfelt noch einmal und wiederholt im Stillen: Ungerade, und ich hab gewonnen!: 542 … verloren!

»Du hast schon wieder gewonnen«, sagt sie, nachdem sie selbst gespielt hat. »Noch mal.«

Das ist meine letzte Chance, denkt er und würfelt wieder. Er spürt sein Herz klopfen, als stünde tatsächlich sein Leben auf dem Spiel: 642 … verloren!

»Du hast schon wieder gewonnen!«, ruft sie und überlässt ihm die Würfel.

Aber seine Hand will ihm nicht gehorchen, in seinem Kopf dreht sich alles, der Alkohol macht ihn plötzlich vollkommen benommen.

»Lena! Lena!«, murmelt er, den Kopf in die Hände gestützt. »Lena … versteck mich bei dir! Sag ihnen, sie sollen mich in Ruhe lassen!«

Sie lacht nervös: »Ich bin bloß eine arme Ausländerin! Ich hab nicht mal eine Aufenthaltsgenehmigung mit Sonderstatus! Nicht mal das, mein verehrter Herr … Mein Ausweis wird alle Vierteljahr erneuert … Jedes Mal fragen sie: Mademoiselle Prämongschäh (so sprechen sie das aus), wovon bestreiten Sie Ihre Existenz? … Am Anfang dachte ich, der Bulle wär ein Intellektueller. Also hab ich ihm *philosophisch* geantwortet: ›Existenz? … Ich bin so frei!‹«

Sie lacht wieder und zündet sich eine Zigarette an, wobei sie die Streichholzflamme mit zitternder Hand abschirmt.

»Lena! …«, murmelt er. »Lässt du mich jetzt auch noch im Stich!«

»Ach, Laaachaume, Bruderherz!«, antwortet sie lachend … »Mit deiner westfälischen Leidensmiene bringst du mich noch zum Heulen!«

Sie begleitet ihn zu seinem Hotel in der Rue Saint-Jacques. Zum Glück liegt sein Zimmer im ersten Stock. Er lässt sich aufs Bett fallen, das sogleich zu schwanken beginnt, wie ein Schiff auf dem Japanischen Meer …

# KAPITEL 6

»Sie haben Post!«, schrie die Hotelwirtin.

Lachaume machte in dem engen Flur kehrt und ging mit eingefrorenem Lächeln zu dem dunklen Verschlag zurück, der als Büro diente. Mit dicklichen Fingern durchwühlte die Alte ungeschickt das Papierchaos auf dem Tisch. Aus der angrenzenden Küche hörte man ein Brutzeln, vermutlich würde gleich etwas anbrennen; der Brief jedenfalls blieb unauffindbar.

Angeekelt verfolgte Lachaume die Bewegungen der kleinen dicklichen Hände, an denen einer dieser schrecklichen modernen Ringe prangte, wie sie die Frauen der Händler in den Bars von Algier tragen und die wie Miniaturtörtchen aussehen. Der ganze Raum war erfüllt vom Geruch irgendeines fetttriefenden Fraßes, der ihm in gewisser Weise vertraut war.

»Bringen Sie den Brief auf mein Zimmer«, sagte er. »Und guten Appetit, Madame!«

Als er jedoch die Rue Saint-Jacques hinaufging, wo ihm Grüppchen untergehakter Studenten entgegenkamen und ihn johlend anrempelten, fing sein Herz beim Anblick der schemenhaften Umrisse junger Frauen im trüben Laternenlicht, das der schwarz glänzende Asphalt zurückwarf, plötzlich heftig an zu klopfen. Gereizt zuckte er schließlich mit den Schultern. Er brachte es einfach nicht fertig, die dumpfe Stimme in seinem Kopf zum Schweigen zu bringen, die hartnäckig den immergleichen Satz wiederkäute: Der Brief ist von Françoise. Mit jedem Schritt wurde es auf der ansteigenden Straße schwerer. Es war, als würde bei jedem Schritt eine Wunde weiter aufreißen. Schweißgebadet erreichte er die Place du Panthéon.

Und jetzt, was tun? Der vor ihm liegende Abend erschien ihm plötzlich endlos lang und öde. Er brauchte ein Ziel, irgendetwas, das seine Gedanken von dem Brief, der im Hotel auf ihn wartete, abbrachte. Für eine Weile strich er in der Nähe eines Kinos herum, las beim Vorbeikommen jedes Mal den Titel des Films und vergaß ihn gleich darauf wieder. Die Schlange an den Kassenschaltern reichte bis auf den Gehweg; die Leute waren festlich gekleidet, die Männer hatten ebenso große Sorgfalt darauf verwandt, sich den Nacken zu rasieren, wie die Frauen, sich die Lippen anzumalen. Das ganze Völkchen lächelte, wartete ungeduldig, verströmte Parfüm. Man kann sagen, was man will, dachte Lachaume, diese gute Laune ist doch höchst eigenartig. Einen Moment lang glaubte er, eine gute Nachricht müsse sich in Paris verbreitet haben, während er schlief. Er machte sich auf die Suche nach einer Zeitung. Auch auf dem Boulevard Saint-Michel drängte man sich vor den erleuchteten Kinos, Fußgänger und Autofahrer teilten sich in gutmütigem Einvernehmen die Straße. Obwohl er genau wusste, dass es keine gute Nachricht gab, suchte Lachaume mit stumpfer Verbitterung hartnäckig weiter nach einer Zeitung, als wollte er unbedingt den Beweis für Paris' Verdorbenheit erbringen. Doch die Zeitungshändler waren allesamt verschwunden, vermutlich aus Taktgefühl; an diesem Abend wurden auf dem Gehweg nur Blumen und heiße Maronen verkauft.

Plötzlich rief eine Frauenstimme seinen Namen. Eine junge blonde Frau, deren großer Busen mächtig schaukelte, kam auf ihn zugerannt, in der Hand ein Kofferradio, gefolgt von einer Schar ausgelassener junger Leute.

»Monsieur Lachaume! … Monsieur Lachaume! … Sie erkennen mich doch, oder?«, fragte sie schwer atmend in einem unnachgiebigen, gespielt kindlichen Piepston. »Huguette Bataille, aus der Musset-Schule … Sie haben versucht, mir die Grundlagen … der englischen Sprache einzutrichtern! Keine leichte Sache, hm?«, meinte sie mit zufriedenem Lächeln.

Er erinnerte sich tatsächlich an ein Mädchen, das dieser jungen Frau hier ähnelte.

»Er war der Schwarm der ganzen Schule«, sagte sie angeberisch zu ihren Freunden, die sich vielsagend angrinsten. »Sind Sie nicht mehr bei der Armee?«

»Doch, immer noch.«

»Bei den Fallschirmjägern?«, fragte sie und wurde rot.

»Nein, bei der Fußtruppe.«

»Wie bitte?«

»Bei der Infanterie, der Fußtruppe, die, die zu Fuß gehen.«

Sie hielt mit ihrer Enttäuschung nicht hinterm Berg.

»Ist bestimmt anstrengend«, murmelte sie höflich.

Es war zu spüren, dass sie gekränkt war. Schließlich ist der Infanterist nichts weiter als eine Art Fußgänger. Nicht mal ein Rollerfahrer!

»Ach ja, die Frauen!«, seufzte ein siebzehnjähriger Psychologe und verdrehte die Augen, während ein anderer von Huguettes Freunden aus Jux heimlich das Kofferradio anstellte, das sie in der Hand hielt. Das Wiedersehen endete in einem Schwall aus Musik und Gelächter, und kaum hatte Lachaume ihnen den Rücken gekehrt, sagte eines der Mädchen laut:

»Wenn man düstere Typen mag, ist dein Fußlatscher ganz okay.«

Dabei stimmt es ja, stellte Lachaume fest, als er wieder in der Rue Saint-Jacques war, ich bin euer Fußlatscher, verehrte Damen und Herren! Mit einem kurzen Nicken grüßte er die Leute auf der Straße.

Der Küchengeruch erfüllte jetzt den gesamten Flur des Hotels.

»Wo ist mein Brief?«, rief er ins Büro hinein.

Die Wirtin erschien. Sie hatte sich in einen schwarzen Rock gezwängt, ihr aufgedunsenes, vor Wut bleiches Gesicht ragte gerade so aus der gelb gesprenkelten Nylonbluse heraus.

»Mein Brief!«, sagte er laut.

Im ersten Moment dachte er, sie wollte sich auf ihn stürzen. Ihre kurzen, dicken Arme zuckten wie die Flügel einer Henne; ihre dümmlichen Augen sandten Blitze aus.

»Sie haben ihn verschlampt!«, brüllte er.

Er hätte ihr am liebsten den Hals umgedreht und sie ihm offensichtlich gern das Gesicht zerkratzt. Mit unverhohlener Feindseligkeit standen sie sich gegenüber wie zwei Erzrivalen.

»Mein Brief!«

»Wenn mir danach ist!«, schrie sie. »Die Post wird morgens verteilt! Sie haben mir nichts zu befehlen!«

»Sie mir auch nicht! Mein Brief!«

»Sie rüpelhafter Mensch, Sie!«, kreischte sie und suchte fieberhaft in dem Papierhaufen auf dem Tisch nach dem Brief. »Suchen Sie sich woanders eine Bleibe! Solche wie Sie wollen wir hier nicht! Wir sind ein anständiges Haus!«

»Wo Post gestohlen wird!«

»Gestohlen?«, schrie sie. »Er nennt mich eine Diebin!«

In der Tür hinter ihr erschien eine aufgedunsene Frau, eine Schwester vielleicht, eingezwängt in einen identischen schwarzen Rock, dahinter ein fetter Mann in einem riesigen Zweireiher, dessen Knöpfe über dem mächtigen Bauch spannten, dann noch einer, der ihm wie ein Bruder aufs Haar glich, aber noch dicker war. Es schien, als hausten in der Wohnung, die eng und tief war wie ein Bau, noch viele ihrer Art, die nach und nach herauskommen würden, sodass man sie auf einen Schlag erledigen könnte. Mordlüstern schrie Lachaume noch lauter, und tatsächlich tauchte ein weiteres Pärchen Dickwanste auf, die weiß vor Wut dümmlich zwinkerten.

»Sie sind wirklich eine Augenweide!«, brüllte er sie an.

Bauch voran und mit rudernden Armen traten die Männchen einen Schritt auf ihn zu. Lachaume kannte den Gang solcher Dampfwalzen gut, er wusste genau, was sie sagen würden und in welchem Ton, die kehligen Laute, die sie japsend und schnaufend von sich gaben.

»Hurensohn!«

»Leck uns am Arsch!«

»Schwarzfüße!«, rief Lachaume und zeigte mit dem Finger auf sie. »Ihr seid Schwarzfüße! *Pieds-noirs* … Was sagt ihr jetzt, na? Ich hab euch aufgespürt!« Er lachte und tippte sich an die Nase. »Am Geruch! Am bloßen Geruch! … Ihr seid Algerienfranzosen!«

Jetzt brüllte alles wild durcheinander. Zu hören war: »… aber genau! … stolz drauf! … deine Seele soll verrecken! Wir sehen uns in Tataouine wieder! … Mistkerl!« Männchen und Weibchen wuselten in dem engen Raum herum, machten obszöne Gesten, drohten mit der Faust, aber der Tisch in der Tür, der eine Art Schalter bildete, und die dahinter stehende Wirtin versperrten ihnen den Weg zu Lachaume, der mit verschränkten Armen dastand und finster lachte.

Inzwischen hatte sich der Brief angefunden. Er riss ihn der Wirtin aus der Hand und stopfte ihn sofort in seine Hosentasche, zumal er sah, dass er nicht von Françoise stammte, ja schlimmer noch. Ein neuer Wutanfall stieg in ihm hoch.

»Ihr seid wirklich abgebrüht! Verstecken wir uns ein bisschen in Paris, ja? Machen wir's uns hier gemütlich?«, sagte er in einem Ton, der spöttisch klingen sollte, aber von der Wut geschluckt wurde. »Man dreht Däumchen, stopft sich voll … lässt es sich gut gehen … parfümiert sich ein bisschen, das Leben ist schön, ja? … Das Leben ist schön!«

Mit einer dramatischen Geste schob das größte der Männchen plötzlich den Tisch beiseite und wollte Lachaume packen, aber die Wirtin hängte sich an seinen Arm und schrie:

»Lass … lass … Ist doch bloß ein Saufbold! Du siehst doch, dass er blau ist!«

Die Fäuste geballt, bereit zum Schlag, stand Lachaume da und wartete mit kalter Entschlossenheit.

»Wir haben Ihren Meldeschein!«, sagte der Fettwanst. »Wir zeigen Sie an.«

Lachaume ging hinauf in sein Zimmer. Er war plötzlich sehr müde. Jetzt erschienen ihm der Vorfall, das ganze Geschrei und seine eigene Wut unnütz und absurd. Was ist bloß los mit mir?, fragte er sich. Wieso kann ich nicht mehr klar sehen? Wieso brülle ich herum? Liegt's am Alkohol? Mit kühlem Kopf dachte er an Thévenins Vorwürfe zurück, ging hart mit sich ins Gericht und entdeckte unendlich viele Fehler, doch änderten diese Gedanken nichts an seiner tief empfundenen Bitterkeit. Und während er im Halbdunkel auf dem Bett lag und nüchtern über alles nachsann, kämpfte er insgeheim mit den Tränen. Und alles nur, weil in seiner Tasche der Brief steckte, auf dessen Umschlag er zwar Françoise' Handschrift im Adressfeld erkannt hatte, der aber dennoch nicht von ihr war. Was willst du!, dachte er. Sie lässt mir meine Post nachsenden, ist doch nett von ihr … Aber mochte er sich auch noch so viel vormachen, schlussendlich musste er doch zugeben, dass er seit dem Morgen, an dem er in diesem schäbigen Zimmer Zuflucht gesucht hatte, in all den Tagen, die er gegen die Uhr gelebt, und all den Stunden, die er, den bitteren Geschmack des Tabaks im Mund, träumend auf diesem Bett zugebracht hatte, beständig auf ein Zeichen von Françoise gehofft hatte. Und hier war es nun, das Zeichen: Es war vorbei.

Er stopfte seine Sachen in den Koffer und verließ dieses Zimmer, in dem er so viele Stunden mit Warten verbracht hatte. Ein Schwall von Beleidigungen, die sich in der Zwischenzeit angesammelt hatten, ging auf ihn nieder, als er an dem Tisch im Büro seine Rechnung beglich. Aber er nahm bloß schulterzuckend und ohne ein Wort das Wechselgeld an sich, mit einer Art frostigem Erstaunen.

»Hauen Sie bloß ab!«, schrie die Wirtin. Und den anderen rief sie zu: »Dauernd hatte er irgendwelche Strichbienen da oben! … So was wollen wir hier nicht! … Dieser Mensch verdient es nicht, dass man ihn Franzose nennt …«

Wie kommt sie denn darauf?, fragte er sich, als er endlich draußen vorm Hotel stand. Er hatte keinerlei Erinnerung an die vorangegangene Nacht, abgesehen von einer Würfelpartie, die er verloren hatte. Was das betraf, war er sich absolut sicher: Er hatte beim Würfeln verloren, aber das Merkwürdige daran war, dass er sich erinnerte, verloren zu haben. Seit wann merkte man sich das Ergebnis von verlorenen und gewonnenen Würfelpartien? Wieder mal der Alkohol! Aber unterwegs wollten ihm die Worte der Alten nicht aus dem Kopf gehen: Wie hatte sie von Lenas Existenz erfahren? (Denn die Bemerkung mit den Strichbienen zielte ganz klar auf Lena ab.) Seine Ratlosigkeit erfüllte ihn mit Unbehagen. Er fühlte sich gefangen in einem großen Netz, dessen Enden sich in der Nacht verloren. Er straffte die Schultern und versuchte, der geheimen Verbindung zwischen den Dingen auf den Grund zu gehen, musste aber erkennen, dass die angestrengte Zappelei in dem Netz, das schwer auf seinen Schultern lag, seinen Verstand überstieg. Lena, Françoise, die Wirtin des Hotels, Thévenin, die ehemalige Schülerin, die er auf dem Boulevard Saint-Michel getroffen hatte, seine Mutter in ihrem Haus in Arras, die nicht mal wusste, dass er in Paris war – sie alle waren durch die Maschen dieses unsichtbaren Netzes miteinander verbunden, aber sosehr sie sich auch mühten, freizukommen, ihre lächerlichen Versuche waren allesamt zum Scheitern verurteilt. Vielleicht handelte es sich – in alptraumhafter Form – um das Gefühl von Schicksalhaftigkeit und seiner Ohnmacht ihr gegenüber. Fieberschauer und Kopfschmerzen plagten ihn, er fühlte sich wie gerädert. Also nahm er sich vor, ein Erkältungsmittel zu nehmen und früh schlafen zu gehen, während eine zweite Stimme in seinem Kopf die erste nachäffte und immerfort höhnisch lachte.

Er nahm sich ein Zimmer in Lenas Hotel.

»Welchen haben wir heute?«, fragte er beim Ausfüllen des Meldebogens.

Der Concierge, ein Schwarzer, lachte sogleich schallend mit Bassstimme los und verdrehte effektvoll die Augen:

»Ha! Ha! Ha!... Monsieur machen Witze!«

Lachaume blickte auf. Ein großer Kalender zeigte in roten Zahlen an, dass es der 31. Dezember war.

Warum geriet er angesichts des lachenden Schwarzen in

Verlegenheit? Wieso verspürte er plötzlich das Bedürfnis, ihn über seinen Irrtum aufzuklären und sich vor ihm zu rechtfertigen?

»Nein, nein«, sagte er und schüttelte den Kopf. »Das habe ich nicht gemeint.«

Doch wie sollte man einem unbekannten schwarzen Concierge begreiflich machen, dass die Tatsache, dass man in ganz Paris vermutlich der Einzige war, der nicht wusste, dass es der letzte Tag des Jahres war, ihm weder komisch erschien noch mit irgendeiner bitteren Bedeutung aufgeladen war? Dass es weder Grund zum Lachen noch zum Staunen gab, dass seine Ahnungslosigkeit natürlich, logisch und nicht weiter wichtig war? Wie sollte man derlei Feinheiten anlässlich eines falsch verstandenen Witzes, einer unbedeutenden Verwechslung zum Ausdruck bringen? All das lässt sich nicht ausdrücken. Er schüttelte noch einmal den Kopf und ging fiebergeplagt auf sein Zimmer.

Doch als er hinter dem Schwarzen, der ihn hinaufgeführt hatte, die Tür schloss, war er wieder versucht, das Unaussprechliche anzusprechen und den falsch verstandenen Witz aufzuklären, der sie beide auf absurde Weise verband, wie Gefangene, so kam es ihm vor, die Rücken an Rücken aneinandergefesselt sind. Auch zu dem Briefumschlag wollte er etwas anmerken, der wie ein Todesurteil in seiner Tasche steckte, und zu Lena und seiner Mutter in ihrem Haus in Arras. Er suchte nach Worten, die aber, noch bevor er sie aussprechen konnte, in die leere Stille stürzten, die sie beide umgab. Er sah den Schwarzen ein letztes Mal an und steckte ihm mit verrücktem Lächeln tausend Francs zu.

(Der Brief stammte im Übrigen von Jean Valette, der ihn für den nächsten Tag, an Neujahr, zum Essen bei seinen Eltern einlud.)

# KAPITEL 7

Gehört es sich, der Gastgeberin Blumen mitzubringen, wenn man bei kommunistischen Arbeitern zum Essen eingeladen ist? Diese Formfrage beschäftigte Lachaume, als er aus dem Zug stieg, in diesem Vorort, in den er zum ersten Mal einen Fuß setzte. Blumen oder Wein? Er tendierte zu Wein, der schien weniger unangebracht. Aber wären diese Leute dann nicht gekränkt? Er erinnerte sich noch gut an eine alte Frau in Arras, eine Wäscherin vermutlich, zu der ihn seine Mutter aus irgendeinem Grund geschickt hatte und die ihm energisch Zuckerstückchen in seinen Kaffee getan hatte. Die Art und Weise, mit der ihm die Alte das Päckchen mit dem Zucker hingeschoben hatte – als wollte sie sagen: An Zucker fehlt es uns nicht! –, hatte ihn mit seinen fünfzehn, sechzehn Jahren tief beeindruckt. Alles, was er von der Arbeiterklasse wusste, bestand in dieser Tasse viel zu süßen Kaffees.

Der Bahnhof lag auf einer Anhöhe, etwas außerhalb der Stadt, die erst weiter unten wirklich begann, auf der anderen Seite der Seine, deren graues Wasser in der milden Wintersonne schimmerte. Aber Lachaume hatte nur Augen für die Fabrikschlote, die überall, ja sogar im Zentrum der Stadt in den klaren Himmel aufragten. Die rußgeschwärzten Backsteinsäulen hatten für ihn etwas Religiöses an sich. Während er mit raschen Schritten auf die Stadt zuging, betrachtete er sie, genau wie ein Ungläubiger zur Kirchturmspitze hinaufblickt, wenn er an die Bekehrung denkt. Und immer noch die Frage: Blumen oder Wein?

Zum ersten Mal seit langer Zeit war eine gewisse Fröhlichkeit in ihm. Schauen wir uns mal um, dachte er. Dann wird sich schon herausstellen, ob hier Blumen angesagt sind. Die Straße hieß Rue Gabriel-Péri, an den Hauswänden klebten bunte Plakate, auch Parolen standen da: *Frieden in Algerien! Verhandelt in Algerien!* Kurz darauf gelangte er zu einem Platz, der Place Danielle-Casanova hieß, wo er eine Frau entdeckte, die Mimosen verkaufte, und auch Leute, die welche kauften. Er nahm einen dicken Strauß, den man ihm eigenmächtig in Folie wickelte, und folgte dem ihm beschriebenen Weg. Die Valettes wohnten in der »Cité Marcel-Cachin«, deren Neubaublocks am Ende einer langen, kürzlich verbreiterten und mit jungen, noch mit Sackleinen und Stroh umwickelten Kastanienbäumen bepflanzten Avenue zu sehen waren – der »Avenue de Stalingrad«. Unter dem Arm das Bund Mimosen, die in der Sonne noch stärker leuchteten, lief Lachaume langsam und mit schüchternem Lächeln darauf zu. Schreie und Gelächter von Kindern durchdrangen die luftige und sanfte Stille dieses Feiertagsvormittags, manchmal war auch die Stimme der Eltern zu hören, die vom Fenster aus ihre Kinder zum Essen heraufriefen. Die Kinder galoppierten in Pantinen an ihm vorbei und schossen mit ihren neuen Pistolen in die Luft. Andere lachten beim Anblick der Mimosen, stürmten davon und riefen: »Er ist verliebt! Er ist verliebt!« Er drohte ihnen mit dem Strauß, der im grellen Mittagslicht wahrhaftig loderte.

Tatsächlich war er so groß und auffällig, dass die Leute auf der Straße sich danach umdrehten und Lachaume, der die neugierigen Blicke bemerkte, wieder von seinen anfänglichen Bedenken eingeholt wurde, dabei war er doch schon ganz in der Nähe der Wohnsiedlung. Würde er die Leute mit diesem Luxusstrauß auch nicht verärgern?

Er dachte sogar darüber nach, ihn zu teilen, und sah sich nach einer Möglichkeit um, wo er die geopferten Blumen verstecken könnte, aber die Straße war kahl und schon in Sichtweite der Wohnsiedlung, wo Valette ihn vielleicht vom Fenster aus beobachtete. Immerhin wurde er mit ein paar komischen Tricks das Papier los, durch das der Strauß allzu förmlich gewirkt hatte. Er bemühte sich, die Mimosen unauffällig und lässig zu halten, als wären es ein paar Stängel, die er unterwegs gepflückt hatte.

Die Concierge nannte ihm lächelnd das Stockwerk. Sein Besuch war offenbar angekündigt worden, man hatte vorgesorgt für den Fall, dass jemand einen hilflosen Englischlehrer im Viertel herumirren sah. Hinter dem eifrigen Bemühen der Concierge erkannte Lachaume sogleich die Fürsorglichkeit, mit der Valette ihn seit zwanzig Monaten umgab. In der Eingangshalle des Hauses jedoch, als er sich, den großen Strauß in der einen Hand, mit der anderen noch einmal kämmte, lastete diese Fürsorglichkeit plötzlich wie ein albernes Relikt auf ihm. Sie gehörte ganz einfach zu der Art von Beziehungen, wie sie anfangs bestanden hatten zwischen dem »Prof« Lachaume, einem Zurückgestellten, einem »Alten« also, der sich auskannte in der Welt, ja, der sogar verheiratet war, und dem Elektriker Valette, einem zwanzigjährigen Rekruten, der seit der Zeit in Koblenz den Spitznamen Breitmaulfrosch trug, weil sein Mund von einem Ohr zum andern reichte, wenn er lachte. Damals war Valette im Übrigen eine Ausnahmeerscheinung in puncto Optimismus und Freundlichkeit gewesen, der seine Habseligkeiten gern mit jedermann teilte, sobald er Vertrauen gefasst hatte – den Inhalt von Päckchen, die seine Eltern, die Stadtverwaltung und der Verband der Jungen Kommunisten ihm schickten, genauso wie seine Überzeugungen, die zwar stark und strahlend waren, aber nur äußerst wenig konkrete Vorstellungen umfassten. Jedenfalls so wenige, dass Lachaume ihn anfangs von oben herab behandelt hatte und leicht jede Diskussion gewann, weil Valette einen ungeheuren Respekt vor Wissen hatte, einen beinahe schon albernen Respekt, den er gern zeigte, indem er anerkennend durch die Zähne pfiff und sagte: »Du weißt ja wirklich eine Menge Zeugs …«, vorausgesetzt, man warf seine Überzeugungen nicht komplett über den Haufen. Nun war aber Lachaume ein Anhänger von Mendès-France, allerdings mit einer Tendenz zum linken Flügel. Aus Neugier und weil er Spaß dran hatte, war er also um Valette herumscharwenzelt und hatte ihm tatsächlich »eine Menge Zeugs« beigebracht. Valettes Fürsorglichkeit war Ausdruck seines Respekts für all »das Zeugs«, das Lachaume wusste. Und als all »das Zeugs« unter der Sonne Algeriens nach und nach weggeschmolzen war, als Lachaume, erschöpft, genau wie die anderen aus schlammigen Pfützen getrunken hatte, als er seinen Blick von den brennenden Dörfern abgewandt hatte, als er mit geschlossenen Augen seinen Männern stumm Erlaubnis gegeben hatte, einen sterbenden Widerstandskämpfer mit dem Fuß umzudrehen, als er sich taub gestellt hatte angesichts der klagenden Frauen und Kinder in den *Douars,* den kleinen Dörfern, durch die seine Einheit kam, als er abends im säuerlichen Geruch getrockneten Schweißes seinen Kopf in die Hände stützte und Valette, der ihn mit Fragen bestürmte, immer wieder versicherte, dass er rein gar nichts mehr wusste – als all das geschehen war, war die Fürsorglichkeit übrig geblieben als eine Art Hommage an »das Zeugs«, an das er früher in seiner Überheblichkeit als junger Universitätsabsolvent geglaubt hatte. Vielleicht war sie aber auch ein Spiel, das den Zweck hatte, der gemeinsam empfundenen Angst angesichts ihrer wirren Gedanken irgendetwas entgegenzusetzen.

Bei diesem Spiel allerdings würde er nicht mehr mitmachen. Er wusste gar nichts, hatte keinerlei Anrecht mehr auf Fürsorglichkeit oder Extrabehandlung. Die Blumen in der Hand, stieg er voller Demut die Treppen hinauf (obgleich es neu war, verfügte das Haus über keinen Aufzug), in der Hoffnung, dass der Strauß nicht zu übertrieben wäre und die Leute da oben ihm nicht misstrauten wegen der Art, wie er eine Gabel hielt, die vielleicht nicht die richtige wäre.

Schon als die Tür aufging, war er bezaubert von den beiden Frauen, die er sah, von ihrem klaren Blick, ihrem Lächeln, das sie angesichts der Mimosen austauschten, dem blendenden Licht, das in das hellbeige gestrichene Zimmer fiel, von dem Einklang, der sich zwischen den Blumen in seiner Hand und der Umgebung hier sofort ergab. Valettes Schwester huschte hinter die Tür und reckte den Hals, als erwartete sie noch jemanden im Treppenhaus. Wie hatte er sich davor gefürchtet – aber das Ganze wurde mit einem kurzen Satz abgetan. Nein, Madame Lachaume käme nicht. Dann sind ja jetzt alle da!, schien das junge Mädchen zu antworten und schloss energisch die Tür. »Sie kommt also nicht. Na schön.« Madame Valette nahm ihm die Blumen ab und sagte mit heiterer Entschlossenheit:

»So eine große Vase haben wir gar nicht. Ich werde zwei Sträuße daraus machen … Kommen Sie rein!«

Sie war eine Frau Mitte vierzig, mit klaren Augen, die ihre hohe, helle Stirn strahlen ließen. Die Haare, im Nacken zu einem Knoten gebunden, waren hellblond oder hellgrau, im Gegenlicht war das nicht genau auszumachen.

»Kommen Sie! Nur immer herein«, sagte sie fröhlich.

Der Tisch, auf dem ein weißes Tischtuch lag, war für

neun Personen gedeckt. An der Wand waren verschiedenartige, vermutlich bei Nachbarn geborgte Stühle aufgereiht, sodass ein Durchgang zum Klappsofa blieb, vor dem ein kleiner, niedriger Tisch stand, darauf ein Spitzendeckchen mit sorgfältig im Kreis angeordneten Aperitifgläsern. Auch auf dem Esstisch waren die Messer, Standardmodelle, die auf gläsernen Bänkchen lagen, in perfekter Symmetrie angeordnet. Die Meisterin dieser Arrangements, ein ungefähr zwölfjähriges Mädchen mit Nickelbrille, erschien und errötete.

»Das ist Danielle«, sagte Madame Valette. »Und natürlich Colette, die große Schwester … Jean und sein Vater sind gleich zurück.«

»Sie holen Austern«, sagte das Mädchen, als wollte es die allzu lockere Art ihrer Mutter wettmachen, während es sich mit abgekehrtem Rücken am Tisch zu schaffen machte. »Sie sind gleich zurück.«

»So setzen Sie sich doch!«, meinte Madame Valette. »Colette, biete ihm einen Stuhl an. Ich geh und helfe Oma … Ich lasse Sie in der Obhut der Mädchen«, sagte sie mit einem Lächeln.

»Bitte, setzen Sie sich«, sagte Colette und wurde leicht rot. Da Lachaume auf keinen Fall allein Platz nehmen wollte, ließ sie sich auf einem der Stühle nieder, die an der Wand standen, und überließ ihm das Sofa. So saßen sie ziemlich weit voneinander entfernt, mit dem Tischchen zwischen ihnen und dem kleinen Mädchen, das herumlief und sie nötigte, sich mal nach hier, mal nach da zu beugen, um einander besser sehen zu können.

Colette war schlank, eher klein, aber nicht zierlich. Auf ihrem schönen, sehnigen Hals, der ein wenig lang geraten war, saß ein eher länglicher Kopf mit schönen, klaren Augen, die wegen der tief liegenden Höhlen und der schlanken, leicht zitternden Nase dennoch dunkel wirkten. Wie sie überhaupt am ganzen Körper zu zittern schien, selbst wenn sie still dasaß in ihrem gerade geschnittenen dunkelblauen Rock und der elfenbeinfarbenen Seidenbluse, die mit ihren Knötchen oben auf den kurzen Ärmeln, dem runden Kragen und dem Falten- und Paillettenkram vorne drauf kompliziert wirkte. Man sah gleich, dass sie gerade erst sorgfältig gebügelt worden war.

»Schön hier«, sagte Lachaume und deutete mit unbestimmter Geste auf den Raum und das sonnenbeschienene Fenster.

»Ja«, sagte sie, »wie haben eine gute Stadtverwaltung.«

»Er muss unbedingt die neue Schule sehen«, sagte das kleine Mädchen und blickte ihn ernst an. »Die Wände sind ganz aus Glas.«

»Lenkt dich das nicht vom Lernen ab?«, fragte Lachaume lächelnd.

»Oh nein!«, sagte sie aus tiefster Überzeugung. »Im Gegenteil. Dadurch werden die Augen nicht so schnell müde.«

Colette deutete ein Lächeln an: »Die Kinder wollen nach der Schule gar nicht mehr nach Hause gehen.« (»Wieso sagst du so was?«, protestierte das kleine Mädchen beleidigt …) »Und Sie sind selbst Englischlehrer, hat Jean mir erzählt …«

»Ja, das war ich«, gab er kleinlaut zu.

»Sind Sie es nicht mehr?«

»Ich bin Soldat.«

»Aber das ist doch kein Beruf!«, antwortete Colette mit Inbrunst, als hätte Lachaume das Gegenteil behauptet. »Jean ist auch Soldat und trotzdem Elektriker« (sie betonte das Wort auf eine herausfordernde Art). »Bei Ihnen ist es genauso: Sie sind Lehrer. Soldat, das zählt nicht!«

Verführt von Colettes überzeugendem Tonfall, nickte er. Sie ist der gesunde Menschenverstand in Person, dachte er lächelnd. Warum alles verkomplizieren?

»Schon gut. Was ich sage, klingt vielleicht ein wenig schematisch«, meinte sie mit düsterem Blick. »Aber das Wichtigste ist, dass man klare Vorstellungen hat.«

Madame Valette war ins Zimmer zurückgekehrt.

»Ich begreife nicht, was die treiben«, sagte sie. »Der Austernhändler ist gleich nebenan … und Luc ist auch noch nicht da!«

»Ach, Luc … das wundert dich?«, sagte Colette und lachte kurz auf. »Neulich beim Komitee hat er uns über eine Stunde lang schmoren lassen.«

Lachaume fragte nicht, wer Luc sei. Irgendwann würde man es ihm mitteilen. Während die Sonne ihm leicht auf den Kopf schien, betrachtete er vom Sofa aus die beiden Frauen und das kleine Mädchen mit demselben offenen Blick. Zumindest wollte er offen, unprätentiös, freigeistig wirken und glaubte auch, dass er es war; zumindest wollte er glauben, dass er es war.

»Dann haben sie eben Pech gehabt!«, sagte Madame Valette und setzte sich auf einen Stuhl an der Wand. »Schenk uns den Aperitif ein, Colette.«

Colette ging aus dem Zimmer, und ihre Mutter lächelte, wie um die Leere zu füllen. In ihrem grauen Haar und den hellen Augen war ein intensives Licht, das zu Herzen ging.

»Jean hat mir erzählt, Sie stammen aus Arras«, sagte sie. » Guy Mollet ist dort Bürgermeister, oder? Den müssen Sie unbedingt davonjagen.«

Noch nie hatte Lachaume auf so praktische und persönliche Weise über den Bürgermeister von Arras nachgedacht. Er war bezaubert von dieser konkreten Verantwortung, die man ihm zu übertragen schien, von der Macht, die man ihm zuschrieb.

Wieder zurück im Zimmer, reichte Colette ihm eine Flasche Martini zum Entkorken.

»Hier, damit Sie auch was zu tun haben«, sagte sie.

»Ja, ja«, murmelte er und stand unbeholfen auf. Am liebsten hätte er sie umarmt, für die natürliche Art, mit der sie ihm die Flasche reichte, und die Worte, die sie wie nebenbei und auf fast intime Weise ausgesprochen hatte. Die Hände in Erwartung der Flasche ausgestreckt, stand sie in ihrer bebenden Bluse vor ihm. Der Korken ploppte. Sie nahm die Flasche wieder an sich und füllte die im Kreis angeordneten Gläser auf dem bestickten Deckchen.

»Wirklich schön«, sagte Lachaume.

»Ja«, sagte sie, »der kommt aus Rumänien.«

»Sie waren in Rumänien?«

»Ja«, sagte sie ein wenig herausfordernd. »Ich war bei den Weltfestspielen der Jugend.«

So wie sie die Wörter aussprach, erschienen sie ihm neu und schön. Er hatte Lust, sie in den Nacken zu küssen. Nur so, dachte er, nur wegen ihrer klaren Art, ihrer wundervollen Selbstsicherheit. Er war froh, dass er hergekommen war.

»Was treibt bloß Valette?«, fragte er. »Warum kommt er nicht?«

Er wollte ihm für seinen Brief danken, ohne den er nicht hergekommen wäre. Er wollte ihm den Arm um die Schultern legen und ihn freundschaftlich in die Seite knuffen, schließlich konnte er, anständig, wie er war, schlecht seine Schwester umarmen. Colette runzelte die Stirn:

»Dann trinken wir eben ohne Jean. Wenn er nicht kommt!«

»Entschuldigung«, sagte Lachaume. »Bei uns heißt er

einfach bloß Valette. Wir haben keine anderen Valettes, verstehen Sie … Aber hier ist das natürlich Unsinn …«

»Stimmt es«, fragte das kleine Mädchen, »dass ihn seine Freunde dort Breitmaulfrosch nennen?«

»Ja, das stimmt«, gab Lachaume entschuldigend zu. »Na ja, nicht seine Freunde … die anderen. Ist doof.«

»Ja, das ist wirklich doof!«, sagte Colette.

»Na los, trinken wir!«, sagte Madame Valette und nahm ein Glas. »Danielle, hol Oma.«

Das Glas in der Hand, standen sie schweigend da und warteten. Im Zimmer nebenan, vermutlich der Küche, hörte man Danielle aus vollem Halse schreien: »Oma! Oma … es gibt A-pe-ri-tif!« Die Augen hinter der Nickelbrille gesenkt, kam sie wieder herein, gefolgt von einer rüstigen, ungefähr siebzigjährigen Frau in einem schwarzen Kleid, um die Hüften eine blaue Schürze, mit schlohweißem, noch dichtem Haar, das mit ihren roten Wangen kontrastierte (vermutlich rot von der Hitze am Herd), die zwei Vasen im Arm trug, auf die die leuchtend gelben Mimosen verteilt worden waren.

Madame Valette und Colette nahmen ihr je eine Vase ab und stellten sie an die Enden des Esstisches. Dann rief Madame Valette ihr ins Ohr:

»Darf ich dir vorstellen: ein Freund von Jeannot! Ein Freund aus der Ar-mee!« Die Oma nickte und reichte Lachaume zögerlich eine weiche Hand.

»Kommt schon!«, sagte Madame Valette. Sie stießen im Stehen an (die Oma mit einem halb vollen und Danielle mit einem Viertelglas, die extra für sie vorbereitet waren). »Kommt schon!«, sagte Madame Valette noch einmal und wandte sich Lachaume zu: »Trinken wir auf den Frieden in Algerien! … Sie werden sich damit abfinden müssen. Und zwar schneller, als sie glauben!«, fügte sie nach einem

Schluck hinzu. Da Lachaume vor dem Sofa stand und sämtliche Stühle an der Wand aufgereiht waren, saßen die drei Frauen, das Glas in der Hand, schließlich mit dem Rücken zur Wand nebeneinander.

Sie waren wirklich ein erstaunlicher Anblick, diese drei Frauen mit dem klaren Gesicht. Unabhängig davon, dass das Geheimnis der Vererbung immer ergreifend ist, wenn man es so deutlich vor sich sieht, ließ die unverkennbare Verwandtschaft zwischen ihnen, verteilt auf siebzig Jahre, die reine, ja beinahe wilde Kraft erahnen, über die sie ganz sicher verfügten, verschworen, wie sie waren. Lachaume, den Colettes bebende Überzeugung wieder in einen Anglisten verwandelt hatte, sagte sich immerfort begeistert und mit stockendem Atem, dass ihr Blick ein »shakespearescher« sei. Man muss dazu sagen, dass ihm der Martini auf nüchternen Magen allmählich zu Kopf stieg und seinen Blick trübte. Der Martini in Verbindung mit dem Wunsch, offen, unprätentiös, freigeistig zu sein. Die Mischung erwies sich als derart wirksam, dass ihm in diesem Moment das Ende des Krieges tatsächlich unmittelbar bevorzustehen schien, genau wie Madame Valette es versprochen hatte.

»Wir geben sicher ein lustiges Bild ab, wir drei«, meinte Madame Valette. »Aufgereiht wie die Gurkengläser! … Wo bleiben die bloß? Der Braten schmort schon viel zu lange … Oma!«, schrie sie ihrer Mutter ins Ohr. »Bei wie viel hast du ihn reingestellt? Bei wie viel? Wie – viel?«

Mit strenger Miene blickte die Oma auf ihre Hände und sagte mit lauter Stimme, die Lachaume, vom bäurischen Zungenschlag überrascht, zum ersten Mal hörte:

»Ist schon alles recht, glaub ich … Lass mich nur machen!« Ohne ersichtlichen Grund lächelte sie Lachaume an.

Das Lächeln ließ ihn schließlich den Blick abwenden. An

der Wand hing ein Teller mit einer Picasso-Zeichnung aus der Serie »Das Gesicht des Friedens« darauf, den man über die Zeitschrift *Les Lettres Françaises* für siebenhundert Francs bestellen konnte. Es handelte sich um ein Frauengesicht, das scheinbar dem Flügelschlag einer Taube entspringt. Lachaume fand, dass es auf frappierende Weise den drei Frauen ähnelte, besonders Colette, deren Augen dieselbe Form hatten. Doch er wagte nicht, eine Bemerkung darüber zu machen, aus Angst, ein zu lautes Wort oder eine falsche Geste könnte die drei wundervollen Frauen verscheuchen. Wegen des Bratens im Herd, des Gemüses, des Weins, des Brotes, wegen all dieses Blödsinns würden sie plötzlich aufstehen, weggehen und ihm das Licht entziehen. Während er sie mit Blicken und seinem Lächeln noch einen Augenblick zurückzuhalten versuchte, hätte er am liebsten immerfort gerufen: Soll der Braten doch verbrennen und das Gemüse roh bleiben! Seit dreizehn Monaten nehmen unsere Mägen dort unten fünfzehnhundert vorschriftsmäßige Kalorien auf, und zwar zweimal pro Tag! Aber sind wir deswegen lebendig oder tot?

»Sie mögen doch hoffentlich geschmorten Chicorée?«

»Ja.«

»Und Knoblauch im Salat?«

»Ja.«

»Und frittierte Zwiebelringe können Sie auch leiden?«

»Sie sind ja wirklich pflegeleicht«, meinte Madame Valette und lachte. »Ihre Frau …«

»Ja, ja«, unterbrach er schnell, da er ihre Verlegenheit merkte. »Sie hat keine Mühe mit mir … jedenfalls nicht allzu viel! Ich hab natürlich auch meine Fehler.«

»Ach nein! Welche denn?«, sagte Colette. »Wir kriegen alles raus!«

»Ich bin Soldat«, sagte er. »Sie ist genau wie Sie: Soldaten mag sie nicht sonderlich …« Tränen traten ihm plötzlich in die Augen, aber er schämte sich nicht und versuchte nicht, sie zu verbergen.

Er hatte den Eindruck, das sei eine Art Geheimnis zwischen ihnen, von dem selbst Danielle hinter ihrer Nickelbrille wusste. Dann stand die Oma mit entschlossener Geste auf und ging zurück in die Küche, wo man sie den Backofen öffnen und schließen und in Töpfen rühren hörte.

»Angenehm … so ein Heim«, sagte er. »Die Geräusche … alle Dinge an ihrem Platz … verstehen Sie, was ich meine?«

»Ja, vor allem ein neues und sauberes Heim«, sagte Colette.

»Sie haben doch hoffentlich Hunger?«, fragte Madame Valette mit einem Lächeln.

»Ja, großen sogar!«

»Wo bleiben die bloß?… Und Luc ist auch noch nicht da!«

»Ach, Luc …«, meinte Colette und lachte auf, als wäre es nur allzu normal, dass Luc sich verspätete. »Aber der Alte und Jeannot gehen wirklich zu weit, finde ich!«, fügte sie leicht gespreizt hinzu.

»Da sind sie ja endlich!«, sagte Madame Valette und stand auf.

Im selben Augenblick ging die Wohnungstür auf und fiel gleich darauf wie durch einen Fußtritt krachend ins Schloss. In der Hand eine Platte mit geöffneten Austern, tauchte Jean Valette mit mürrischem Gesicht auf.

»Verdammter Mist!«, rief er. »Ihr seid sechsunddreißig Mann hier drin, und keiner kann mir die Tür aufmachen! … Hallo, Prof!«, fügte er hinzu und stellte die Austern ab. »Bist du schon lange hier?« Ohne eine Antwort abzuwarten, wandte er sich in grantigem Tonfall an Colette: »Noch so ein Einfall von dir!«

»Was?«, fragte sie in einem bemüht ruhigen Ton.

»Die bescheuerten Austern!«

»Wo ist dein Vater?«, fragte Madame Valette in demselben ruhigen Ton.

»Er kommt gleich!«

Jean Valette steckte in einem geschmacklosen marineblauen gestreiften Anzug, der eher abgewetzt als zerknittert war. Keine Krawatte, dafür schaute oben am Jackett ein Stück blassrosa Hemd heraus; an den Füßen trug er karierte Schlappen. Was ihn aber vor allem fremd erscheinen ließ, war der mürrische, grantige Gesichtsausdruck, die Art, wie er die Stirn runzelte und immerfort zwinkerte, als würde das Licht ihn stören. Nicht dass Lachaume Valette noch nie mürrisch und grantig gesehen hätte. Das Überraschende bestand darin, dass seine schlechte Laune ganz offensichtlich ungerechtfertigt und kleinlich war.

»Na, alles klar?«, fragte er Lachaume.

Diese flapsige Ausdrucksweise stellte eine zusätzliche Überraschung dar. Lachaume versuchte, an den Gesichtern der Frauen abzulesen, ob sie seine Überraschung teilten, nahm aber nur eine Art feindselige Geduld wahr, offenbar beherrschten sie sich für den Moment. Er fühlte sich unbehaglich.

»Wo ist dein Vater?«, fragte Madame Valette noch einmal in ruhigem Ton.

»Er kommt gleich, hab ich doch gesagt!«, brummte Jean Valette und zündete sich eine Zigarette an. »Was ist, essen wir jetzt endlich, oder was?« Die Zigarette war der freche Beweis, dass er in Wahrheit gar nicht ungeduldig war.

»Wir warten noch auf Luc und deinen Vater«, sagte

Colette und ging in ihrer bebenden Bluse quer durch den Raum.

»Nein. Wir werden doch wohl nicht auf Luc warten!«

»Du solltest dich besser mal um deinen Freund kümmern«, antwortete Colette. »Er wartet seit einer Stunde auf dich.«

Damit verließ sie das Zimmer.

Jean Valette zuckte die Schultern, und plötzlich erkannte Lachaume wieder sein offenes und freundliches Gesicht, vor allem aber das Licht in seinen Augen, dessen er sich beim Anblick der drei Frauen bewusst gewesen war.

»Komisches Mädchen, meine Schwester!«, sagte Jean Valette mit seinem breiten Lächeln, das seine Ohren noch mehr abstehen ließ.

Er setzte sich auf das Klappsofa neben Lachaume und nahm ein Glas Martini vom Tischchen, besann sich dann aber:

»Wir sollten auf meinen Vater warten. Er freut sich mächtig auf dich, ich hab ihm viel von dir erzählt …«

Als die drei Frauen wieder ins Zimmer kamen, blieb Jean Valette gut gelaunt, und Lachaume hatte den Eindruck, die Sonne würde erneut mit ganzer Kraft auf die beiden Sträuße scheinen, die in ihren Vasen auf der weißen Tischdecke loderten.

»Hör mal!«, sagte Jean Valette und senkte die Stimme, »hast *du* die mitgebracht?«

Da Lachaume nickte, fügte er hinzu: »Dann hab ich die Wette mit Paps also gewonnen! Ich wusste genau, dass du einer bist, der Blumen mitbringt.«

Kurz darauf traf Monsieur Valette ein, der mit beiden Händen vorsichtig eine Platte mit geöffneten Austern trug. Er war groß, hager und leicht gebeugt und trug eine Brille mit extrem dicken Gläsern, die sein ausgemergeltes Gesicht verschwommen und unterkühlt wirken ließ. Er drückte Lachaume kräftig die Hand und blieb auf einem Bein in dem engen Gang zwischen Klappsofa und Tisch stehen.

»Die Austern waren noch zu«, sagte er mit dumpfer Stimme und deutete mit dem Kinn zur Decke. Dann wollte er es sich bequem machen und stützte sich auf den Tisch, der unter dem Gewicht umzukippen drohte. »Die Leute hier haben den Dreh nicht raus«, sagte er. »Jedenfalls nicht so wie in …« Er überlegte offenbar, wo die Leute den »Dreh raushatten«. »Wie in Paris«, beendete er den Satz und lächelte unmerklich. »Ich wette, Sie sind zum ersten Mal hier in der Gegend, oder? Die Pariser kennen ihre Vorstädte nicht.«

»Hast du die Blumen gesehen?«, fragte Jean Valette und zog ihn am Ärmel.

Er warf einen kurzen Blick auf die Mimosen und nickte. Jean Valette lachte schallend los und behauptete, »gewonnen zu haben«, ohne dass klar war, wobei. Monsieur Valette überging dieses Theater und machte Komplimente für die Schönheit der Blumen, wem, war nicht ganz klar, vermutlich den Blumen selbst. Doch jetzt, da Lachaume die Heimlichtuerei um jene ominöse »verlorene Wette« verstand, ließ er sich von dem verschwommenen Blick und der dumpfen Stimme nicht mehr täuschen; irgendwas an dem Mann wurde ihm mit einem Mal lieb und teuer.

»Die Sache war wirklich nicht abgesprochen«, meinte er und lächelte. »Valette hat mir nichts von der Wette erzählt. Entschuldigung, wirklich blöd von mir«, meinte er und schlug sich mit der Faust in die Handfläche. »Ich nenne ihn immer bloß Valette …«

»Ist nicht schlimm«, sagte Monsieur Valette. »Immerhin ist er ja auch der Stammhalter! Eines Tages wird er Valette sein, einfach bloß Valette, nicht wahr?« Er griff Jean Valette in den Nacken und rüttelte ihn ordentlich durch, woraufhin der Tisch wieder umzukippen drohte.

»Vorsicht!«, riefen wie aus einem Munde Madame Valette und ihre Töchter, die mit Flaschen und Tellern ins Zimmer kamen.

»Wir sollten essen«, meinte Monsieur Valette. »Es ist gleich Viertel nach eins.«

»Und Luc?«, wunderte sich Madame Valette mit einem wütenden Unterton. »Es wäre netter, wenn wir auf ihn warten würden, meint ihr nicht auch?«

Über ihren Mann hinweg wandte sie sich an Lachaume, der in der Tat nur darauf bestehen konnte, dass auf Luc gewartet wurde.

Erstaunt, wie gleichgültig sie sich gab, beobachtete er Colette. In seinem Unterbewusstsein hatte sich die Vorstellung festgesetzt, Colette und Luc seien mehr als nur miteinander bekannt; ein Gedanke, der ihn irgendwie kränkte.

»Er kommt nämlich nur wegen euch zwei beiden hierher, verstehen Sie?«, sagte Monsieur Valette mit tonloser, fast unhörbarer Stimme. »Wegen Ihnen und Jeannot.«

Diese Worte trafen Lachaume mitten ins Herz. Schwer zu begreifen war das, er begriff es ja selbst nicht einmal, aber als ihm klar wurde, dass er von Anfang an gewusst hatte, dass Luc nur wegen »ihnen beiden« kam, nahm ihm ein seltsames Gefühl die Luft. An die Wand gelehnt, betrachtete Jean Valette seine Zigarette mit unbestimmtem Lächeln.

Daraufhin klopfte Luc drei Mal langsam und rhythmisch an die Tür. Lachaume täuschte sich nicht, er war es. Danielle lief hin, um ihm zu öffnen, Colette richtete sich auf und blickte mit bebendem Gesicht zur Tür, wo Luc schließlich erschien.

»Hallo!«, sagte er langsam und blickte (als würde er die anwesenden Personen zählen) ebenso langsam, ausführlich und bedächtig in die Runde. »Bin spät dran, was …«

Das war weder eine Frage noch eine Entschuldigung.

Er stellte seine schwere lederne Aktentasche auf einen Stuhl, rieb sich langsam und mechanisch die Hände und überließ Colette schließlich seine abgewetzte braune Lammfelljoppe.

Das Erste, was Lachaume in den Kopf kam (wobei er sich der Unsinnigkeit seines Gedankens durchaus bewusst war), war eine Art dümmliche Zufriedenheit angesichts von Lucs körperlichen Unzulänglichkeiten. Er war keineswegs so gebaut, wie Lachaume sich einen Proletarier vorstellte, das heißt stämmig wie Jean Valette (und wie er es bei Luc erwartet hatte), sondern ein eher schmächtiges Jüngelchen, Mitte dreißig mit schmalen Schultern und einem leicht schiefen Gesicht, in dem die linke Braue tiefer saß als die rechte, was die tiefen Furchen der Erschöpfung darin noch deutlicher hervortreten ließ.

Er hielt Colette zurück, die mit seiner Jacke schon auf dem Weg zur Garderobe war.

»Fast hätt ich's ver-ges-sen«, sagte er langsam (jeder andere hätte es laut herausgerufen), zog aus seiner Jackentasche eine Weinflasche und blickte wieder langsam in die Runde. »Wein, rumänischer Wein«, sagte er und deutete ein Lachen an. Mit ausladender Geste stellte er die Flasche auf den Tisch; es sollte heiter, weltgewandt und lässig wirken, doch Lachaume sah die Anstrengung dahinter, war es doch mehr als deutlich, welche Selbstüberwindung es Luc kostete, »ihnen beiden« zu Ehren seine Müdigkeit zu bezwingen.

Daraufhin gab er jedem in der Runde langsam die Hand, klopfte Jean Valette auf eine persönliche Art und mit wissendem Nicken auf den Arm und nannte seinen Namen, Luc Gi-raud, wobei er Lachaume ernst in die Augen blickte und ihm seine feuchte, warme Hand hinstreckte.

Colette hatte sich die Weinflasche gegriffen und las laut die Aufschrift auf dem Etikett vor: »Tragliduru zona București …«

»Wirklich toll!«, rief sie übertrieben lebhaft (jedenfalls kam es Lachaume übertrieben vor). »Wo hast du die her?«

»Ein Freund von der *France-Roumanie* hat sie mir geschenkt«, sagte er langsam. »Ich hab mir gedacht, ihr würdet euch bestimmt darüber freuen.« Es war klar, dass er damit vor allem die »zwei beiden« meinte. Zumindest schien Colette das so aufzufassen, denn Lachaume hörte eine Spur Eifersucht heraus, als sie sagte, der Wein würde sie an die Weltfestspiele erinnern. Doch es gelang ihm nicht herauszufinden, welcher Art die Verbindung zwischen Colette und Luc Giraud war. Sie reagierte voller Leidenschaft auf ihn, wenngleich nichts auf eine körperliche Beziehung hindeutete, wie sie zwischen zwei Verliebten besteht, dennoch war ihr Verhältnis nicht bloß geistiger Natur.

Während sie alle am Fenster neben dem flachen Tischchen standen und den Aperitif tranken, stellte Lachaume nach und nach seine Beobachtungen an. Zugleich erstaunte ihn Luc Giraud immerfort, ja, bis zu einem gewissen Punkt fand er ihn sogar faszinierend.

Er gab Belanglosigkeiten von sich. (Zumindest sah Lachaume es so.) Dass der Winter trotz des milden Beginns ein harter sei; dass die Seine Hochwasser führe. Auf seine langsame Art ausgesprochen, schien jedes einzelne Wort mit einer tiefen und geheimen Bedeutung aufgeladen, immerhin löste es bei Colette eine ähnlich überschwängliche Reaktion aus wie die Flasche, nur noch rätselhafter. Zuerst dachte Lachaume verärgert, Colette würde ihn »bauchpinseln«; irgendetwas an ihrer übereifrigen Art und der bebenden Bluse erinnerte ihn an die aufgeregte Liebenswürdigkeit einer Studentin, die ihren Professor anhimmelt. Doch dieser Eindruck verflog, sobald man das geheime Einverständnis bemerkte, das beide verband; und als Lachaume erkannte, dass alles, was er an Colettes Verhalten gegenüber Luc Giraud beobachtet hatte, in gleichem Maße auch auf Madame Valette, ja in gewisser Weise sogar auf Danielle, ein zwölfjähriges Mädchen, zutraf, musste er sich eingestehen, dass die Leute da vor ihm die Sprache einer anderen Welt sprachen, wenn auch mit Hilfe der üblichen Wörter.

Luc Giraud wiederholte das Gesagte und betonte dabei jedes einzelne Wort:

»Ich sage euch, der Winter wird hart, und die Freunde werden am letzten Tag aufwachen. Ich sage euch, einige werden überhaupt nicht aufwachen. Und einige erst im Frühjahr, wenn der Winter vorbei ist. Der Winter wird vorbeigehn, während sie auf beiden Augen blind sind. Und ich sage, das ist schlecht.«

Das Ganze lag irgendwo zwischen Bauernregel und Bibelvers. Lachaume begriff, dass für die drei Frauen tatsächlich jedes Wort eine tiefe und geheime Bedeutung besaß; dass der Winter für sie mehr bedeutete als bloß kaltes Wetter, schmutzige Straßen und Wollsachen.

»Sprechen wir von etwas anderem«, sagte Luc Giraud mit einem Lächeln.

Ganz klar: Die Leute hier verließen die andere Welt nur, weil »die beiden« anwesend waren, jedenfalls schien auch Jean Valette nicht vollständig eingeweiht zu sein. Lachaume verspürte eine unbestimmte Erleichterung darüber, so als vergrößerte die Tatsache, dass sie zu zweit waren, ihre Chance.

Aber welche Chance und wozu? Er ließ die Frage offen. Dass er, mit Blumen unterm Arm, in die hinterste Ecke dieser Vorstadt gereist war, um sein Glück zu versuchen, war schon mehr als genug. Und zwar nicht, weil er zu stolz gewesen wäre, sich das einzugestehen, sondern wegen des damit verbundenen Risikos, ein letztes Mal zu verlieren.

Schweigend und den Anweisungen Madame Valettes folgend, die wie eine Spielleiterin allein das Wort innehatte, setzten sich alle an den Tisch. Lachaume wurde zwischen Madame Valette zu seiner Linken und Jean Valette zu seiner Rechten gesetzt. Ihm gegenüber saßen Monsieur Valette (halb verdeckt von den Mimosen), Luc Giraud und Colette; Danielle und die Oma saßen sich am anderen Ende des Tisches, bei der Küchentür, gegenüber.

Nachdem jeder auf seinen Platz delegiert worden war, zog sich das Schweigen noch eine Weile hin. Wieder wurde Lachaume von einem eigenartigen Gefühl erfasst. Während er unwillkürlich die Daumen unter das Tischtuch schob, um »auf Holz zu klopfen«, zitterten seine Hände auf dem Tisch. Das linke Auge wie unter dem Gewicht der losen Braue halb geschlossen, beobachtete ihn Luc Giraud mit leisem Lächeln.

»Bitte! Langt zu!«, sagte Madame Valette.

Auf dem Tisch standen Austern, Wurst und hart gekochte, mit Mayonnaise gefüllte Eier. Doch wieder rührte sich keiner. Das Schweigen, absurd und beängstigend, dauerte an.

Lachaume fasste eine Auster ins Auge, die auf der Servierplatte zwischen ihm und Colette lag. Wenn sie diese Auster nimmt, wird alles gut, sagte er zu sich. Sein Verstand wehrte sich mit aller Macht gegen den unbegreiflichen und heftigen Impuls, der ihn zu dieser lächerlichen Wette zwang.

Mit klopfendem Herzen sah er eine elfenbeinfarbene

Hand über den ungewöhnlich hell schimmernden Austern schweben. Er sah, wie die langen, dünnen Finger eine Zärtlichkeit andeuteten, wie sie sich zusammenkrampften, verschwanden, zurückkehrten, erneut zu streicheln begannen und sich wieder zusammenkrampften. Unwillkürlich glitt sein Blick den Arm hinauf bis zur bebenden Schulter unter den Pailletten und Seidenknötchen und suchte in Colettes hellen Augen nach einer Spur Zärtlichkeit, fand aber nichts.

Das Essen begann. Man legte Austern auf seinen Teller, schenkte ihm Wein ein. Am Himmel, in dem sein Blick sich verlor, sobald er aufsah, kündigte eine leichte Trübung bereits den hereinbrechenden Abend an.

»Wussten Sie, dass das Viertel, in dem wir uns befinden, ›Klein-Moskau‹ heißt?«, fragte Luc Giraud langsam, wobei er jedes Wort einzeln betonte.

»Nein, wusste ich nicht«, antwortete Lachaume.

»Doch, tatsächlich! …«, wiederholte Luc Giraud. »Dieses Viertel heißt ›Klein-Moskau‹.«

»Das sagt man bloß so«, erklärte Monsieur Valette.

»Was willst du damit sagen?«, fragte Luc Giraud und hörte zu kauen auf. »Was meinst du damit?«

»Er meint, dass es nicht der richtige Name des Viertels ist«, schaltete sich Jean Valette ein.

»Also, wenn es das ist, was du sagen willst …«, begann Luc Giraud und drehte sich langsam zu Monsieur Valette hin, der seine Aussage mit einem Nicken bekräftigte. »Wenn du wirklich *das* meinst«, wiederholte er, jedes Wort einzeln betonend, »also dann, nein … dann hast du nicht recht!«

»Wie meinst du das?«, fragte Colette.

»Warte … gleich verstehst du's. Welcher Veranstaltungssaal ist der größte in Paris? Wo schlägt das Herz von Paris, wenn die Partei die Massen zusammenruft? Na, welcher?«

»Das Vél' d'Hiv!«, sagte Colette.

»Genau, du hast es gesagt!«, stellte Luc Giraud fest und hob amüsiert den Zeigefinger. »Du hast es eben *selbst* gesagt. Es ist das Vél' d'Hiv. Und was ist der *richtige* Name dieses Ortes? Das Vé-lo-drome d'Hi-ver oder das Vél' d'Hiv?«

»Genau darum ging es mir«, fuhr er in seiner langsamen Art fort. »Hast du's jetzt verstanden, Colette?«

»Ja«, sagte sie mit gesenktem Blick.

»Entschuldigung!«, warf Lachaume fast gegen seinen Willen ein, »aber Ihr Beispiel hinkt. Im Fall des Vél' d'Hiv handelt es sich schlicht um eine Abkürzung.«

Luc Giraud starrte ihn mit leisem Lächeln an, wie um ihn aufzufordern, seine Bedenken frei heraus zu äußern. »Und wieso?«, fragte er langsam. »Wieso?« Er stützte den Ellbogen auf und legte das Kinn in die Hand. Seine Haltung zwang Lachaume nicht nur zu einer Antwort, sondern zu einer ausführlichen Darlegung seiner Gedanken.

Aber wer hatte denn schon Zeit für so was? Typischer Intellektuellentick!, dachte er aufgebracht. Kaum macht man den Mund auf, muss man eine Rede halten. Da Luc Giraud jedoch nicht aufhörte zu lächeln und ihn auffordernd ansah, sagte sich der ratlose Lachaume, dass es sich wohl um einen Trick handelte, um das Gespräch in Gang zu bringen, und erklärte kurz und bündig:

»Wenn ich recht verstanden habe, ist ›Klein-Moskau‹ nicht die umgangssprachliche Abkürzung des, sagen wir, offiziellen Namens dieses Viertels hier. Wäre dies jedoch der Fall, könnte man wiederum darüber diskutieren, was Sie unter dem Ausdruck ›richtig‹ verstehen. Die meisten Leute sagen ja auch einfach bloß *l'Huma,* und trotzdem lässt die Leitung der Zeitung weiterhin auf der ersten Seite das Wort *›Humanité‹* drucken.«

»Entschuldigung!«, antwortete Luc Giraud langsam (es klang fast wie eine Parodie auf Lachaumes Art zu sprechen). »Ich betrachte das nicht vom grammatikalischen Standpunkt aus, mir geht es nicht um Regeln oder Vorschriften, mich interessiert es konkret und objektiv. Wenn ich sage, dass der richtige Name dieses Viertels ›Klein-Moskau‹ ist, meine ich damit, dass sich die Leute in diesem Viertel den Namen zu eigen gemacht und ihm einen konkreten, objektiven Inhalt und Wert gegeben haben. Was den Vergleich mit der *l'Huma* angeht, ist er falsch. Jedenfalls für einen Marxisten. Wie lassen sich zwei so unterschiedliche Dinge vergleichen?«

Das linke Auge halb geschlossen, wie zusammengekniffen vor Vergnügen, sprach er überdeutlich. Er hatte seinen Teller weggeschoben, um sich besser mit den Ellbogen aufstützen zu können, während er mit den Händen eine Kugel beschrieb, die er jedes Mal, wenn er ein wichtiges Wort aussprach, sachte schüttelte.

»Das ist Idealismus«, sagte er in seiner langsamen Art. »Gründet nicht die gesamte idealistische Philosophie auf dem Identitätsprinzip, das darin besteht, Dinge zu vergleichen, die eigentlich unvergleichbar sind? Wir Marxisten lehnen dieses irrige Prinzip entschieden ab. Für uns ist nichts statisch. Alles verändert sich dialektisch«, sagte er und schüttelte die Kugel. »Deshalb ist auch nichts vergleichbar. Das gilt besonders für die Politik. Natürlich lässt sich das alles besser ausdrücken. Ich rede auf meine eigene Weise, wie ein Arbeiter … da müssen Sie schon entschuldigen!«, schloss er mit unverhohlener Ironie.

Lachaume war höchst erstaunt, umso mehr, als er eher auf die Melodie der Worte geachtet hatte als auf deren Bedeutung, und scherte sich nicht weiter um den Ausgangspunkt, der in seinen Augen ohnehin nur ein Vorwand gewesen war.

»Monsieur Lachaume, noch ein paar Austern?«, fragte Madame Valette. »Und du?«

»Nein, danke«, murmelte Luc Giraud und zog mit mechanischer Geste das Revers seiner blauen Kordjacke zusammen. »Mir geht's nicht besonders, weißt du …« Er war plötzlich sehr blass; Schweiß rann ihm an den Schläfen herunter. »Du hast nicht zufällig was für den Magen?«, fragte er Colette, die sofort aufstand.

Alle hatten aufgehört zu essen, außer der Oma, die in einer anderen Welt zu leben schien.

»Keine Sorge, ist gleich vorbei«, sagte Luc Giraud mit traurigem Lächeln. »Hab einfach zu viel in mich reingeschlungen …«

Colette reichte ihm ein Glas Natron, das er mit geschlossenen Augen in einem Zug austrank. Dann wischte er sich die Stirn mit einem sauberen Taschentuch ab und zündete sich nach einer matten Geste der Entschuldigung eine Zigarette an.

Das Essen wurde fürs Erste beendet.

Man erklärte es der Oma, damit sie nicht dachte, man wolle zum nächsten Gang übergehen. Was von den Austern, der Wurst und den gekochten Eiern noch übrig war, blieb auf dem Tisch zurück.

Der Himmel war von Hellgrau zu Grau übergegangen. Die Dämmerung verdunkelte bereits die Wand um das Fenster herum.

»Jeannot hat mir erzählt, Sie stammen aus Arras«, sagte Monsieur Valette leise. »Ich kenne Arras, ich hab über ein Jahr dort verbracht.«

»Ach wirklich! Das hat mir Jean gar nicht erzählt …«

»Er wusste es auch nicht. Ist lange her!«, sagte Monsieur Valette und schaute seinen Sohn mit seinem verschwommenen Blick an, der zugleich liebevoll war. »Damals gab's noch keinen Jeannot! Und Sie auch nicht …«

»Kommt drauf an«, meinte Lachaume. »Ich bin sechs Jahre älter.«

»Vergessen Sie's«, sagte Monsieur Valette und schüttelte den Kopf. »Ich spreche von 1925. Ich hab das Ende meiner Militärzeit in Arras abgeleistet, im 104. Infanterieregiment. Francustin-Kaserne, kennen Sie die?«

»Ja«, sagte Lachaume. »Sie wurde stillgelegt.«

»Ach so? Na ja, auch gut«, sagte Monsieur Valette.

Plötzlich hörte er auf zu lächeln.

»Das hab ich bloß so gesagt«, meinte er. »Mir wär's natürlich lieber, ihr wärt in Arras … Jeannot und Sie«, ergänzte er, um ihn voller Zärtlichkeit in dieses »ihr« miteinzubeziehen. »Jeannot und Sie und all die anderen«, fügte er mit einem Nicken hinzu.

Eine Weile schwiegen alle. Madame Valette, Colette und Danielle bemühten sich um Luc Giraud, der halb ausgestreckt auf dem Klappsofa lag. Am Tisch saßen also nur noch Valette und sein Sohn, Lachaume und am anderen Ende die Oma, wie abgeschnitten vom Rest der Welt.

»Esst, so esst doch!«, war hin und wieder von Weitem Madame Valettes Stimme zu hören. Die drei Männer schluckten mechanisch eine Auster oder ein Viertel Ei, hörten dann aber wieder auf.

»1925 war auch kein Spaß«, sagte Monsieur Valette tonlos. »Der Rifkrieg sagt den jungen Leute heute nicht mehr viel. Kann ich verstehen. Euch hat's schlimmer getroffen als uns … Ich wollte damit bloß sagen, dass wir was Ähnliches durchgemacht haben.«

»Du warst doch gar nicht im Rifkrieg«, sagte Jean Valette.

»Nein, Jeannot«, sagte er mit matter Zärtlichkeit. »Nein, ich war nicht dabei … aber als ich in deinem Alter war, war das für uns enorm wichtig. Für eine Menge junger Arbeiter. Gab damals viele Unruhen.«

»Und Algerien?«, fragte Lachaume so natürlich wie möglich.

»Algerien …«, sagte er leise und zögerte, »ist ein Riesenschlamassel. Da hängen wir alle drin, da unten genauso wie hier. Wie soll ich's euch erklären … Schwierig. Man will hundert Sachen auf einmal, da weiß man nicht mehr weiter. Aber es wird sich was ändern, ganz bestimmt. Es tut sich ja schon was …«

»Ja, ja«, meinte Jean Valette.

Luc Giraud setzte sich wieder an den Tisch, Lachaume gegenüber, der ihn aus vollem Herzen anlächelte, froh darüber, dass er wieder den durchdringenden, intensiven Blick an ihm sah, der eine beruhigende Wirkung auf ihn hatte.

»Wo waren wir stehen geblieben?«, fragte Luc Giraud und drückte seine Zigarette aus. Die schlimmsten Schmerzen schienen vorüber zu sein.

Langsam fingen alle wieder an zu essen.

Madame Valette verlangte, dass wenigstens die Austern aufgegessen würden. Sie reichte die Platte herum. Zuletzt hielt sie sie ihrem Sohn hin und sagte zärtlich: »Jeannot, mein Jeannot, nimm noch ein paar …« Aber Jean Valette stieß plötzlich die Platte zurück, senkte abrupt den Kopf und brummte mit tonloser Stimme, die plötzlich der seines Vaters zum Verwechseln ähnlich war, sie könnten ihm gestohlen bleiben (womit vermutlich die Austern gemeint waren).

Lachaume sah seine geballten Fäuste und denselben Gesichtsausdruck unter der gesenkten Stirn, den er schon bei seiner Ankunft an ihm bemerkt hatte: eine Art mürrischer Trotz, der, das begriff er jetzt, von familiären Spannungen herrührte. Die Zurückhaltung, die alle, selbst Luc Giraud, an den Tag legten, brachte ihn auf den unangenehmen Gedanken, dass er der Einzige war, der nichts von dem Drama wusste, das sich parallel zu der Unterhaltung, die an der Oberfläche stattfand, vor seinen Augen abspielte.

»Wissen Sie, warum dieses Viertel hier ›Klein-Moskau‹ heißt?«, fragte Luc Giraud, wobei er jedes Wort einzeln betonte.

»Nein, weiß ich nicht«, sagte Lachaume.

»Ich erkläre es Ihnen«, sagte Luc Giraud und blickte langsam in die Runde. »Dieses Viertel heißt ›Klein-Moskau‹, weil hier zweiundachtzig Prozent der Wähler für die Kommunistische Partei Frankreichs stimmen!«

»Komma drei«, ergänzte Colette und wandte Lachaume ihr bebendes Gesicht zu. »Zweiundachtzig Komma drei Prozent«, wiederholte sie und lächelte zaghaft.

»Das ist viel«, meinte Lachaume.

»Finden Sie?«, fragte Luc Giraud langsam. »Finden Sie das wirklich viel? Finden Sie das unnormal?«

»Also …«

»Nun, keineswegs! Das ist keineswegs unnormal. Das ist normal. Und wieso ist es normal?«

»Keine Ahnung«, sagte Lachaume.

»Ich erkläre es Ihnen«, sagte Luc Giraud und blickte wieder in die Runde. »Es ist deshalb normal, weil die einfachen Leute in diesem Viertel gesehen haben, was die Kommunisten alles auf die Beine stellen können.«

Die Valettes stimmten mit einem Nicken zu, außer Jean, der, die Ellbogen auf dem Tisch, aus dem Fenster in die Ferne schaute.

»Und wie denkst du darüber, Jeannot?«, fragte Luc Giraud langsam, aber etwas lauter. »Bist du nicht einverstanden mit dem, was ich gesagt habe?«

»Doch, doch!«, verteidigte sich Jean Valette. »Die Partei ist hier ungeheuer beliebt. Man braucht sich nur die Wahlergebnisse anzusehen. Lachaume weiß Bescheid«, fügte er hinzu. »Da unten hab ich ihm oft davon erzählt.«

»Du hast ihm oft davon erzählt«, meinte Luc Giraud langsam, wobei er mit amüsiertem Gesichtsausdruck seinen Tonfall nachahmte. »Du hast ihm oft davon erzählt, aber er wusste nicht, dass das Viertel ›Klein-Moskau‹ heißt. So, so! Das, was am typischsten ist, hast du einfach vergessen zu erzählen. Du hast's ganz einfach ver-ges-sen!«

Ungeachtet der konkreten Bedeutung der einzelnen Wörter riefen Luc Girauds Wortwahl und seine Redeweise bei Lachaume nach anfänglicher Verwirrung einen wohltuenden Eindruck hervor, der dem ähnelte, den er bei seiner Ankunft angesichts Colettes wundervoller Selbstsicherheit verspürt hatte, nur noch stärker. Nicht dass Luc Girauds Stimme sonderlich schön oder kräftig gewesen wäre. Die Verzauberung hatte wie bei jedem Kunstwerk eher etwas mit einem besonderen Gespür für Wiederholungen zu tun – in diesem Fall verbunden mit einem ausgeprägten Sinn fürs liturgische Gespräch.

Inzwischen war der Himmel noch dunkler geworden; der Schatten glitt nun wie ein ausgebreiteter Flügel an der Wand entlang, und Luc Giraud war noch immer bei seinem »Klein-Moskau«, dessen Zauber und Eigenarten er mit einem Lächeln ausführlich beschrieb. Langsam wurde Lachaume … nun, nicht gerade ungeduldig, das hätte einen kritischen Gedanken bedeutet, aber er fürchtete, die Zeit würde nicht reichen, um zum Wesentlichen zu kommen.

(Wieder wagte er es nicht, sich eindeutiger auszudrücken.)

»Tja, Monsieur«, meinte Luc Giraud langsam und lächelte schwach, »hätten Sie gedacht, dass Sie in eine Volksdemokratie reisen, als Sie heute Mittag mit dem Zug hierhergekommen sind? Was unseren Stadtbezirk angeht, leben wir hier schließlich in einer Volksdemokratie, oder etwa nicht? Was unseren Stadtbezirk angeht, leben wir in einer kleinen Festung des Sozialismus, oder etwa nicht?«

»Aber ja!«, fuhr er fort. »Was unseren Stadtbezirk angeht, leben wir in einer Volksdemokratie. Wir leben hier in einer kleinen Festung des Fortschritts. Und welche Wirkung hat das auf Sie?«

Lachaume zögerte.

»Wurden Sie unterwegs umgebracht?«, fragte er unter dem Gelächter der Frauen. »Ist Ihnen Ihr Portemonnaie gestohlen worden? *Das* meinte ich.«

»Und welche Wirkung haben die zweiundachtzig Prozent«, fuhr er fort, »die zweiundachtzig Komma drei Prozent«, ergänzte er mit einem an Colette gerichteten nachsichtigen Lächeln.

»Das ist viel«, meinte Lachaume unvorsichtigerweise.

»Ja, natürlich, zugegeben, das ist viel. Aber welche Wirkung hat das auf Sie? Ich sage es Ihnen. Es gibt Ihnen neuen Mut. Und warum gibt es Ihnen neuen Mut?«

»Nun, Monsieur, weil Sie sich sagen können, dass zumindest zweiundachtzig Komma drei Prozent der Menschen, denen Sie auf dem Weg hierher begegnet sind, Frieden in Algerien wollen. Sie wollen, dass die jungen Männer endlich heimkehren und diese Schande für Frankreich so schnell wie möglich ein Ende nimmt.«

Bewegt und mit dankbarem Blick sah Lachaume ihn an.

Da die Austern inzwischen alle aufgegessen waren, brachte Danielle saubere Teller und die Oma eine Platte mit Königinpasteten, von denen einige leider aufgesprungen waren. Deshalb war die Champignonsauce, die eigentlich innen hätte sein sollen, herausgelaufen. Es nahm einige Zeit in Anspruch, sie gleichmäßig zu verteilen. Zudem erwies es sich als äußerst langwierig und schwierig, die kleinen Deckel aus Blätterteig, die wie Kronen aussahen (daher der Name, dachte Lachaume), auf die Pasteten zu setzen. Der eigentliche Grund für diesen Zwischenfall war, dass die Oma es zu gut gemeint und viel zu viel Champignonsauce gekocht hatte, die aber unter keinen Umständen weggeworfen werden durfte, nun, da sie einmal gekocht war.

»Wissen Sie, Monsieur«, meinte Luc Giraud mit liebenswürdigem Lächeln, »ich bin sehr froh über die Unterhaltung mit Ihnen. Gleich nachher werde ich Ihnen einen kleinen Vorschlag unterbreiten. Aber lassen Sie uns zuerst essen.«

»Ja, essen wir«, sagte Monsieur Valette.

Ungeachtet der guten Sitten hätte Lachaume beinahe erwidert, dass für Jean Valette und ihn die Zeit drängte, dass sie auf das Essen ebenso gut verzichten konnten. Die Ankündigung des »kleinen Vorschlags« elektrisierte ihn. Endlich geschieht was!, sang eine Stimme mit verrückter Melodie in seinem Kopf. Endlich, endlich! Gegen diesen unsinnigen Gesang, der in ihm hochstieg und ihm ein Dauerlächeln aufs Gesicht zauberte, konnte kein vernünftiger Gedanke etwas ausrichten. Endlich geschieht etwas!

Na schön, essen wir!, sagte er sich und verschlang seine Königinpastete. Wenn's so vorgesehen ist, fügen wir uns und essen wir! Zweimal trank er sein Glas aus, das jedes Mal sogleich wieder gefüllt wurde.

»Madame«, sagte er etwas lauter für die Oma, »Ihre Sauce ist fabelhaft!«

»Vor-züg-lich!«, rief Madame Valette ihrer Mutter zu, die Lachaume anlächelte. Im Übrigen lächelte ihm alles hier im Raum zu, sogar Colette (die ihm sichtlich zugetan war, seitdem er sich für Luc Girauds Redekünste empfänglich gezeigt hatte).

Nur Jean Valette schien die gelöste Stimmung nicht zu teilen. Er sagte kein Wort und hatte noch immer diesen schmollenden Ausdruck um die Nase herum, der an ein mürrisches Kind erinnerte und Lachaume davon abhielt, irgendein schlechtes Omen darin sehen zu wollen.

»Iss, Kind!«, sagte er zu ihm und stieß ihn mit dem Ellbogen an.

»Ich esse doch«, sagte Jean Valette.

»Die Champignonsauce ist wirklich vorzüglich«, meinte Luc Giraud und hob zwei Finger zum Siegeszeichen. »Ist da ein Schuss Alkohol drin? Ich schmecke eine fruchtige Note heraus.«

Die Frage wurde an die Oma weitergegeben, die mit ihrem herrlichen Akzent erklärte:

»Drei Fingerhut Burgunder-Trester.« (Sie sprach es »Treschter« aus.)

»Ach! Das Burgund«, sagte Luc Giraud langsam und nickte. »Das Bur-gund! Ein Para-dies! Gibt es etwas Besseres auf der Welt als einen Burgunderwein?«

»Und was ist mit den Schnecken?«

»Oh ja, die Schnecken! Du hast recht, meine Kleine«, sagte Luc Giraud und nickte. »Die Weinbergschnecken aus dem Burgund!«

»Mit Petersilie gegart!«, meinte Colette.

»Zuerst wollte ich, dass die Oma welche macht, aber

dann hatte ich Angst, Sie mögen keine«, sagte Madame Valette zu Lachaume gewandt.

»Ach, weißt du«, sagte Luc Giraud langsam, »nur ganz selten trifft man jemanden, dem sie nicht schmecken. In Frankreich natürlich! Denn im Ausland sieht man uns, gelinde gesagt, merkwürdig an, wenn wir von Schnecken sprechen. Sie wissen eben nicht, was gut ist.«

»Und was ist mit Fröschen?«, fragte Danielle.

»Und Frösche!«, sagte Luc Giraud und nickte. »Mit Knoblauch. Gebacken. Frösche, was für ein Genuss! Kaum zu glauben, dass niemand außer uns Frösche isst. Sie wissen eben nicht, was gut ist.«

»Das stimmt, wenn man es recht bedenkt!«, meinte Colette und lachte kurz auf. »Überall auf der Welt gibt's Frösche, aber nur die Franzosen essen sie. Woran liegt das?«

»Nur die Franzosen haben herausgefunden, wie man sie essen muss«, sagte Luc Giraud. »Ein weiteres Beispiel für die französische Fin-dig-keit.«

»In puncto Gaumen ist wohl niemand findiger als die Franzosen!«, lachte Madame Valette.

»In puncto Gaumen und in Bezug auf alles andere«, sagte Luc Giraud langsam. »Die Franzosen sind die Einzigen, die …«

»Vielleicht sind ja woanders die Frösche anders!«, rief Danielle quer über den Tisch dazwischen.

»Red nicht dazwischen!«, sagte Colette.

»Du hast womöglich recht, Kleine«, meinte Luc Giraud lächelnd. »Das französische Klima ist einzigartig in der Welt.«

»Es ist ein gemäßigtes Klima«, sagte Danielle. »Wie in England.«

»Nicht so vorschnell, Kleine!«, meinte Luc Giraud und

hob zwei Finger. »Haben die Engländer etwa Wein wie wir?«

»Was trinken sie denn dann?«, fragte Colette zu Lachaume gewandt.

»Bier«, sagte er. »Bier und Tee.«

»Tee zum Essen?«, sagte sie und rümpfte die Nase.

Lachaume bestätigte mit einem Lächeln.

»Waren Sie mal in England?«, fragte Madame Valette. »Und kann ein Franzose in England tatsächlich leben?«

»Sie kochen alles zu heiß«, sagte Luc Giraud. »Das ist ein Fehler.«

»Ich mag die Engländer nicht«, meinte Colette. »Irgendwie gruselt's mich vor denen.«

»Das ist schlecht«, sagte Luc Giraud. »Man darf sie nicht alle über einen Kamm scheren. Es gibt auch gute Engländer. Wir bemängeln bloß ihre Kochkünste.«

»Der Streit ist uralt«, sagte Lachaume. »Schon Shakespeare bezeichnete die Franzosen als Froschfresser, ich glaube, es war in *Henri V*.«

»Ja und?«, meinte Luc Giraud laut. »Was soll schlecht sein an Fröschen?« Er schob seinen Teller weg, um seine Ellbogen besser aufstützen zu können. »Sehen Sie, welch Unheil der Chauvinismus selbst in den kleinen Dingen anrichtet. Aufgepasst! Hören Sie mir gut zu! Ich verurteile Shakespeare nicht, da müsste man den Kontext sehen. Ich stelle bloß eine Frage: Wie ist es möglich, dass die Idee, Frösche zu essen – was die Engländer bei uns sehen –, nach so vielen Jahrhunderten in England niemals Verbreitung gefunden hat?

Ich sage es Ihnen«, fuhr er fort, wobei er mit den Händen eine Kugel formte. »Der Chauvinismus macht die Engländer blind. Denn objektiv betrachtet sind Froschschenkel äußerst schmackhaft, wenn sie erst mal gesäubert und mit Knoblauch gebacken wurden. Oder etwa nicht?«

»Musste nur jemand drauf kommen!«, sagte Colette.

»Die Araber essen sogar Heuschrecken«, meinte Jean Valette.

»Heuschrecken?«, fragte Colette und zuckte unwillkürlich zurück. »Die Ärmsten …«

»Die schmecken sehr gut«, sagte Jean Valette.

»Hast du mal welche gegessen?«

»Nein. Aber ich kenne einen, der welche gegessen hat. Er sagt, sie seien eine Delikatesse. Die Araber lieben sie.«

»Du erstaunst mich«, meinte Luc Giraud langsam. »Du erstaunst mich …«

»Es stimmt!«

»Ja, vielleicht stimmt es«, sagte Luc Giraud mit leicht bebender Stimme. »Aber das bringt mich nicht von meiner Meinung ab, dass die Araber nur deshalb Heuschrecken essen, weil sie sonst nichts zu essen haben! Das bringt mich nicht von der Meinung ab, dass von dem Tag an, wo ein jeder innerhalb einer wirklichen *Union Française* in Frieden wird leben und sich satt essen können, von dem Tag an, da Frankreich den Kolonialismus aufgegeben hat, die Araber nicht mehr gezwungen sein werden, sich von dem zu ernähren, was sie am Wegesrand aufsammeln!«

»Da täuschst du dich«, sagte Jean Valette und wurde rot. »Sie sind eine Delikatesse. So ist ihre Lebensart.«

»Das behaupten die Kolonialisten!«, sagte Colette.

»Eben nicht!«, rief Jean Valette, der auf seinem Stuhl erregt hin und her rutschte. »Ich versichere euch, für sie ist es ein Leibgericht.«

»Wenn du meinst«, sagte Luc Giraud langsam, »wenn du meinst … dann erzähl uns wenigstens, wie sie sie essen.«

»Keine Ahnung. Fragt Lachaume.«

»Ich glaube, sie kochen sie in einem Fischsud, wie Garnelen«, sagte Lachaume. »Oder zerrieben in Milch …«

»Ach so!«, meinte Luc Giraud. »In dem Fall verstehe ich es. Aber das ändert nichts an dem grundlegenden Problem.«

Wortlos stimmten ihm alle in der Runde zu, während die Oma einen Kalbsbraten mit gedünsteten Zwiebeln auf den Tisch stellte. Danielle brachte geschmorten Chicorée und Schwenkkartoffeln. Monsieur Valette entkorkte noch eine Flasche Wein. Colette öffnete ein Töpfchen Senf und schnitt sich am Metallring des Deckels in den Finger. Und Lachaume, der sah, wie sich der Himmel verfärbte und es dunkler wurde im Raum, schlug sich mit einem schrecklichen und dummen Gedanken herum. Er wusste, dass er dumm war, dennoch wurde er mit jeder Sekunde mächtiger, inmitten der Stille, die plötzlich herrschte, wie es oft geschieht, wenn ein neuer Gang serviert wird. Es schien ihm … doch wie sollte er es bloß ausdrücken, geradeheraus und als wäre es ein Scherz, den man leichthin zwischen Königinpastete und Kalbsbraten anbrachte?

»Greifen Sie zu!«, sagte Madame Valette wie aus weiter Ferne.

Mit trockener Kehle blickte Lachaume kurz nach rechts zu Jean Valette, der aus Wachs zu sein schien. Er sah seine Hand auf dem weißen Tischtuch liegen, die unbeweglich war wie seine eigene, und flehte ihn insgeheim an, er möge irgendeine Regung zeigen, und sei es auch nur mit dem kleinen Finger, damit der dumme Gedanke verscheucht wurde. Der Gedanke, gegen den er sich mit seinem ganzen Wesen wehrte, mit tausend stummen Schreien, die die Stille tief in seinem Innern zerrissen, wo sein Herz aufgehört hatte zu schlagen. Da ihrer beider Hände jedoch regungslos blieben, kam es ihm mehr und mehr so vor, als seien Valette und er selbst tot, und zwar seit Langem schon, getötet durch einen Kopfschuss in irgendeinem entlegenen *Wadi,* und dass die anderen es jeden Moment bemerken und schreiend den Tisch verlassen würden.

Gleich, gleich würden sie losschreien …

Ihm gegenüber sagte Luc Giraud langsam:

»Was für ein Essen! Ist mal was anderes als die Mannschaftsverpflegung, oder? Wie ist die Mannschaftsverpflegung bei euch da unten?«, fragte er an Jean Valette gerichtet. »Werdet ihr satt?«

»Ich bitte Sie!«, meldete sich Lachaume plötzlich mit lauter Stimme zu Wort. »Die Abgeordneten, die vorbeikommen, Journalisten, Eltern und Freunde, die uns schreiben, sie alle fragen dasselbe: Ist wenigstens das Essen gut? IST WENIGSTENS DAS ESSEN GUT? UND DER APPETIT?«, schrie er. »WIE STEHT'S MIT DEM APPETIT?«

Alle schwiegen. Lachaume, der seine Augen geschlossen hatte, um die aufsteigenden Tränen zu verbergen, spürte, wie Jean Valette fest seinen Arm drückte.

Schließlich entschuldigte er sich. »Die Müdigkeit … die Aufregung …«

»Aber nicht doch«, sagte Luc Giraud in seiner langsamen Art. »Ihr Einwand ist berechtigt. Man muss darauf antworten.«

Mit einiger Anstrengung wurde das Essen fortgesetzt. Lachaume gab sich Mühe, mit gutem Beispiel voranzugehen, führte die Gabel zum Mund, kaute teigige und geschmacklose Dinge, die er nur mit Hilfe großer Schlucke Wein herunterbrachte. Doch alle Mühe war umsonst. Die lebhafte Stimmung war unwiderruflich dahin, das Schweigen und die Dunkelheit verdichteten sich um den Tisch herum, wo das Fleisch und das Gemüse langsam kalt wurden. Auf je eigene Weise verstand ein jeder am Tisch, dass das Gespenst des Krieges das Zimmer betreten hatte und in seiner Gegenwart jede Geste ungehörig war, sei sie auch noch so banal und berechtigt, wie etwa der Griff nach dem Brot. So aß man möglichst unauffällig und steif seinen Teller leer, und das Festessen erstarb, wie ein Feuer unter der Asche erlischt.

Nur die Oma sorgte sich laut inmitten des Schweigens, indem sie immerfort und jeden Gast einzeln zum Essen ermunterte, ohne dass sie in ihrer Schwerhörigkeit wusste, ob ihr jemand antwortete. Aber wie hätte man es ihr auch erklären sollen? Was hätte man ihr ins Ohr schreien sollen?

»Iss, Jeannot, mein Junge«, wiederholte sie. »Lang kräftig zu. So kriegen's wenigstens nicht die Taugenichtse, die schuld an den Kriegen sind. Iss, Söhnchen …«

Und es wurde zur großen Erleichterung aller wieder still.

»Und?«, sagte schließlich Jean Valette mit schleppender Stimme. »Wann ist er nun zu Ende, der Krieg? Wann?«

»Bald«, sagte Luc Giraud in seiner langsamen Art. »Ein Krieg wie dieser kann nicht lange dauern.«

»Warum nicht?«, fragte Jean Valette.

»Weil fünfhunderttausend junge Männer nicht unbemerkt bleiben«, sagte Luc Giraud und betonte jedes einzelne Wort. »Das sorgt für Aufruhr im Land. Fünfhunderttausend junge Männer da unten bedeuten, dass eine Menge Familien vom Krieg betroffen sind. Frag deine Schwester.«

»Ja«, sagte Colette. »Fünfhunderttausend junge Männer da unten bedeuten Hunderttausende Mütter, Ehefrauen, Schwestern und Verlobte, die um ihren Sohn, ihren Mann, den Bruder oder Verlobten bangen. Und das sorgt für Aufruhr.«

»Heißt also«, sagte Jean Valette, »je mehr wir da unten sind, desto mehr Aufruhr gibt's hier?«

»In gewisser Weise hast du recht«, meinte Luc Giraud.

»Das ist Dialektik. Je stärker der Krieg die Massen direkt betrifft, desto näher kommen wir dem Frieden.«

»Ach so?«, fragte Jean Valette laut. »Wie viel Millionen Soldaten braucht es denn deiner Meinung nach da unten, damit die Massen direkt betroffen sind?«

»Jeannot!«, rief Madame Valette.

»Nein«, sagte Luc Giraud ruhig. »Ich habe nichts Derartiges gesagt.«

»Das tut er absichtlich«, sagte Colette.

»Was tue ich absichtlich?«

»Widersprechen. Widersprechen, bloß so aus Jux.«

»Ich stelle nur Fragen.«

»Fragen, die gegen die Partei gerichtet sind!«

»Colette, still!«, befahl Luc Giraud. »Lass ihn ausreden.«

Eine Weile herrschte Schweigen, dann sagte Jean Valette mit ungewohnter, zögerlicher Stimme:

»Erklär mir, was du gemeint hast, Luc … das musst du uns erklären … du musst …«

Es war zu spüren, wie er an sich hielt, entweder, um nicht in Tränen auszubrechen oder um keinen Wutanfall zu bekommen. Da sein Gesicht im Dunkeln lag, konnte man es nicht genau erkennen.

Wieder trat Stille ein. Zum ersten Mal schien Luc Giraud zu zögern.

»Es ist an dir, dich zu erklären«, sagte er schließlich in tiefem, fast feierlichem Ton.

»Jeannot wollte bestimmt sagen, dass …«, begann Monsieur Valette mit matter Stimme.

»Nein«, unterbrach Luc Giraud. »Er soll selbst sprechen, *wenn ihm daran liegt.*«

Den Kopf in die Hände gestützt, den Blick gesenkt, blieb Jean Valette stumm.

»Worum geht's hier eigentlich?«, fragte schließlich Lachaume, der in der Tat nichts verstand.

Luc Giraud, an den die Frage gerichtet war, hob die Hand, als bitte er um Ruhe. Nach einer letzten Bedenkzeit, die er Jean Valette gewährte, hob er den Arm, als gebe er es auf, und lächelte Lachaume an. Offen gestanden wirkte er erleichtert, und Lachaume ahnte, dass er etwas mit dieser Erleichterung wie auch mit Jean Valettes Stummheit zu tun hatte. In seinem Kopf waren all diese kleinen Geheimnisse auf die eine oder andere Weise mit dem »Vorschlag« verbunden, den Luc Giraud ihm unterbreiten wollte. Alles, was Lachaume dachte, sah und hörte, dachte, sah und hörte er jetzt nur noch im Hinblick auf diesen »Vorschlag«. Deswegen klopfte ihm immerfort das Herz, selbst als ihn draußen nichts abgelenkt hatte, und während der langen und häufigen Schweigepausen, von denen die zähe und angespannte Unterhaltung immer wieder unterbrochen worden war.

»Wir sollten Licht machen«, sagte Colette schließlich und stand auf.

Das direkte und harte Licht der Deckenlampe schien jäh auf den Tisch, wo die Mimosen wie verwelkt aussahen.

Hier und da fiel noch eine belanglose Bemerkung, wurde angesichts des bedrückenden Schweigens eine unbeholfene Geste gemacht, als Jean Valette sich plötzlich mit verstörtem Gesichtsausdruck aufrichtete und fragte:

»Warum habt ihr uns gehen lassen? Warum habt ihr die Züge abfahren lassen? Warum habt ihr uns im Stich gelassen, als wir in den Zügen saßen? Warum? Warum?«, schrie er mit tränenerstickter Stimme. »Wir wollten nicht wegfahren! Wir haben alles unternommen, um nicht wegfahren zu müssen! Wir haben uns in der Kaserne verschanzt, sie haben die Türen aufgebrochen, haben uns auf die Lkws gezerrt, uns in die Züge getrieben, alle waren sie hinter uns her, die Spieße, die Bereitschaftspolizei, und trotzdem haben wir geschrien, haben die Züge angehalten, sind auf freier Strecke rausgeklettert, sind abgehauen, sie mussten uns hinterherrennen, mussten die Einheiten zehn Mal neu antreten lassen … nein, wir wollten bestimmt nicht wegfahren! Und ihr, wo wart ihr? Wo wart ihr, als wir uns geprügelt haben? Wenn ihr alle gekommen wärt, hätten wir dann wegfahren müssen? Ihr hättet uns nicht wegfahren lassen dürfen«, wiederholte er. »Warum habt ihr uns gehen lassen?«

Lachaume sah Tränen in den Augen von Madame Valette. In diesem Moment war er Jean Valettes Bruder. Dieser Schrei kam aus ihrer beider Brust, er wusste nicht mehr, wer gerade redete. Auf jeden Fall sprach er für »sie beide«, als er Luc Giraud, der vom Tisch aufgestanden war, schließlich mit bebender Stimme fragte: »Wollten Sie uns nicht einen Vorschlag unterbreiten?«

Er war doch schließlich der Ältere von »ihnen beiden«. Musste er nicht einen kühlen Kopf bewahren? Solch blödsinnige Gedanken kamen ihm, während Luc Giraud, etwas blass geworden, sich mit der Hand über den Mund fuhr.

»Lass gut sein«, sagte Jean Valette.

Er schien sich an Lachaume zu wenden, der schon Einwand erheben wollte, doch Luc Giraud nutzte die Gelegenheit und hob müde die Arme, als wüsste er nichts zu entgegnen.

»Nein!«, schrie Lachaume. »Sagen Sie schon, reden Sie … was schlagen Sie uns vor?«

»Lass gut sein«, meinte Jean Valette noch einmal.

»Ja … sprechen wir nicht mehr davon …«, sagte Luc Giraud langsam und mit grimmigem Blick. »Du beschimpfst ja doch nur die Partei. Du beschimpfst die Partei in aller

Öffentlichkeit, noch dazu vor einem Fremden … sprechen wir also nicht mehr davon!«

»Wir beschimpfen niemanden«, sagte Lachaume. »Wir bringen bloß unsere Geisteshaltung zum Ausdruck. Nun reden Sie schon … Bloß unsere Geisteshaltung«, wiederholte Lachaume und zwang sich zu einem Lächeln, um Luc Giraud gnädig zu stimmen. »Bloß unsere Geisteshaltung … ein wenig zu laut vielleicht, ein wenig zu schroff … was soll's? Man hat Hinterwäldler aus uns gemacht, wir haben keine Manieren mehr … So reden Sie endlich …«

»Ich wollte euch vorschlagen«, begann Luc Giraud in seiner langsamen Art (später würde Lachaume denken, er hätte tatsächlich gezögert), »ich wollte euch vorschlagen, nachher gemeinsam mit Kommunisten und Katholiken eine Petition für den Frieden zu unterschreiben …«

»Wo?«, fragte Lachaume wie vor den Kopf gestoßen.

»Gleich hier im Viertel zum Beispiel oder im …«

»Hör mal, Luc!«, unterbrach ihn Jean Valette. »Bist du nicht der Meinung, es müssten mal ein paar neue Einfälle her? Glaubst du nicht auch?«, fragte er noch einmal laut. »Ich bin bei den JuKos ja bloß ein Stippi, wie ihr bei der Partei sagt. Meinetwegen … aber ich erzähl dir jetzt trotzdem ein paar Takte: Wo sorgen deiner Meinung nach fünfhunderttausend junge Männer für mehr Aufruhr, hier in den Familien oder da unten? Unsere Jugend ist nämlich hin, kapiert? Und zwar komplett! Wie oft soll ich's dir noch sagen? Unsere Jugend und unser gesamtes Leben, vorausgesetzt, es geht überhaupt weiter. Von denen, die dort bleiben, und dem Haufen anderer, die noch dort bleiben werden, rede ich gar nicht. Hör mir gut zu: Ich rede für die, die irgendwann zurückkommen … Was haben die davon, vorausgesetzt, es geht überhaupt weiter? … Einen Motorroller vielleicht, von dem Prämiengeld, das sie zur Seite gelegt haben. Aber was sonst? Was sonst noch, abgesehen von dem Motorroller? Wie sieht's danach im Kopf aus? Und in der Seele? Unsere gesamte Jugend, unser gesamtes Leben ist hin«, wiederholte er mit erstickter Stimme. »Also, glaubst du nicht, fünfhunderttausend junge Männer verdienten mal ein paar neue Einfälle? Irgendwas anderes als bloß immer nur Unterschriften und Ballons, die mit Sprüchen unten dran herumgondeln ... Ein paar einfache, schlagende Einfälle. Wir sind vielleicht fünfhunderttausend Mann, aber wir sind kein Ersatz für gute Einfälle! Bei genauerem Hinschauen wirst du nämlich feststellen, dass der einzige Einfall weit und breit *wir* sind! Die Generäle sagen: Mit fünfhunderttausend Soldaten gewinnen wir den Krieg auf lange Sicht. Und die Freunde sagen: Mit fünfhunderttausend jungen Männern wird sich da unten auf lange Sicht was tun, und der Frieden wird errungen. Und was wird inzwischen aus uns?«, schrie er plötzlich. »Unsere Jugend geht dabei drauf ...«

Er brach abrupt ab und rannte aus dem Zimmer, um seine Tränen zu verbergen.

Luc Giraud verabschiedete sich als Erster, wegen einer Versammlung, an der er, wie er sagte, verpflichtet sei teilzunehmen. Er hatte praktisch kein Wort mehr gesagt, außer Lachaume Glück zu wünschen. Mit trauriger, nachsichtiger Miene gab er allen in der Runde die Hand. Als er schon in der Tür war, bemerkte Madame Valette, dass die Flasche mit dem rumänischen Wein nicht geöffnet worden war, und wollte sie ihm mitgeben. Er hob die Hand, lehnte kopfschüttelnd ab und schlug leise vor, sie in seinem Namen Jeannot zu schenken. Alles in allem war er verständnisvoll und nachsichtig, und zwar aus vollstem Herzen – an all diesen gut gemeinten Gesten war nichts Heuchlerisches.

Lachaume sah ihm beinahe freundschaftlich hinterher, wie einem Mann, dem man aufgrund einer Verwechslung auf der Straße nachgelaufen ist. Obwohl man vom Rennen außer Puste ist und das Herz rast, tut einem der Aufwand nicht leid, einfach, weil der Mann interessant aussieht – selbst wenn er nicht der Richtige ist. Kurzum, Lachaume war entspannt, ja beinahe selig, aber zugleich erschöpft und kaputt wie nach einem langen Marsch, als Luc Giraud aufbrach.

Er saß auf dem Klappsofa, sämtlicher Illusionen beraubt, die er in weit entfernter Zeit, wie es ihm jetzt vorkam, mit sich herumgetragen hatte, als er zum ersten Mal hier Platz genommen hatte. Langsam ließ er den Blick schweifen, fand aber nichts mehr, das seine Aufmerksamkeit hätte fesseln können. Auch das Zimmer hatte sich geleert. Die Frauen machten sich in der Küche zu schaffen – man hörte sie sozusagen schweigen –, und Valette und sein Vater verbargen ihre geröteten Augen im Zimmer nebenan.

Etwas später, so gegen fünf, kam bei einer Tasse Kaffee noch einmal ein Hauch Geselligkeit auf. Kurz darauf ging Lachaume, die Hand wie ein Blinder auf der Schulter von Valette, der ihn bis zum Ende der Siedlung begleitete. Es war stockdunkel.

»Sag mal«, meinte Lachaume. »Wann geht's los?«

»Na, am Dritten, abends«, sagte Valette.

»Und Lasteyrie?«, rief Lachaume plötzlich. »Hast du ihn gesehen?«

»Wir sind morgen Abend verabredet«, sagte Valette. »Komm doch auch …«

# KAPITEL 8

Auf den ersten Blick ähnelt das *Café des Vrais Sportifs* in der kleinen Straße hinterm Palais des Sports einer schlichten Trinkhalle, wo man am halbrunden Tresen im Stehen trinkt. Es gibt in einer Ecke nur einen einzigen Tisch, an dem im Übrigen gerade die Wirtsleute Abendbrot aßen, als Lachaume hereinkam. Merkwürdiger Ort für eine Verabredung.

Es war acht Uhr. Lasteyrie und Valette würden jeden Augenblick kommen. Er bestellte ein Sandwich als Ersatz fürs Abendessen; das Basketballturnier, zu dem sie wollten, begann um halb neun.

»Wollen Sie sich setzen?«, fragte der Wirt und deutete mit dem Messer über seine Schulter.

Lachaume guckte entgeistert.

»Da hinten!«, meinte der Wirt.

Ganz offenbar führte die Tür links neben dem Tresen, auf der *Toilette/Telefon* stand, zu zwei hintereinander gelegenen Räumen, einem kleinen mit Sitzbänken und Tischen und einem großen mit niedriger Decke, in dem die Billardtische standen, auf die das Schild des Lokals hinwies.

Er setzte sich in den kleinen Raum, in dem bislang nur eine blonde junge Frau allein an einem der Tische saß. Weiter hinten spielten zwei Männer schweigend an einem Billardtisch, beleuchtet von einem an der niedrigen Decke befestigten Scheinwerfer; der Rest lag im Dunkeln.

Die junge Frau hatte noch nichts zu trinken bestellt, ganz

wie bei einem echten Rendezvous. Die gemeinsam aufgegebene Bestellung gehört zum Verliebtsein dazu. Lachaume erinnerte sich vage an diese Gesetzmäßigkeit. Dann war er sich plötzlich hundertprozentig sicher, dass die junge Frau auf Lasteyrie wartete. Sie war gepflegt, traurig, hatte sich die Lippen rot angemalt, die Wimpern zu schwarz getuscht und trug einen beigefarbenen Plüschmantel, der weder ärmlich noch luxuriös war, jene Art Mantelphänomen, an dem die Pariser Soziologen sich abarbeiten.

Was für eine merkwürdige Idee, sich an diesem abgelegenen Ort mit jemandem zu verabreden, während es vor dem *Palais des Sports* zig Kneipen gibt …

Valette war der Erste, schlecht gelaunt kam er hereingeschlurft. Er war in Uniform, sein Käppi hielt er zusammengeknautscht in der Hand. Er nickte kurz zur Begrüßung und ließ sich auf die Sitzbank fallen.

»Hast du dich verkleidet?«, fragte Lachaume leise.

Er bestätigte, während er woanders hinsah.

»Ist ja echt eine Höhle hier!«, meinte er schließlich und deutete mit dem Kinn in den Raum. »Guck mal, das Mädchen da drüben«, fügte er leise hinzu. »Ich wette, die wartet auf Lasteyrie.«

»Hundertpro«, meinte Lachaume.

Angesichts der Stille um sie herum, und weil sie wegen der jungen Frau so flüsterten, wirkte der Ort – diese Höhle, wie Valette gesagt hatte – noch geheimnisvoller auf ihn. Wenn am frühen Abend noch nicht viel los ist und die Wirte das Licht dimmen, um Strom zu sparen, bekommen bestimmte Kneipen etwas Unheimliches und Verschwörerisches, was jemanden mit lebhafter Phantasie an das geheime und verbotene Leben in dieser Stadt denken lässt, das Balzac beschrieben hat, ein Leben, an dem Paris ganz offensichtlich den Spaß verloren hat, zu dem es inzwischen jedenfalls nicht mehr fähig ist. Lachaume hatte den Tag damit zugebracht, durch Paris zu laufen, als wollte er sich darin verirren oder verkriechen. Doch ein Dutzend Generationen von Polizeipräfekten wachte über ihn. Der Dschungel aus geheimen Straßen ist auf geschickte Weise gezähmt worden; hin und wieder duldet man noch ein abgezirkeltes Viereck wie ein wenig Gestrüpp in einem Park. Ständig stieß er auf Straßen, die breit genug für einen Streifenwagen waren. Aus dieser Tatsache hatte er mit eisigem Lächeln geschlossen, dass er noch einmal studieren müsse, schließlich hatte er keine Ahnung von dem, was wirklich wesentlich war, nämlich, wo man sich in Paris verstecken konnte. Natürlich war das bloß ein Spiel. Was blieb ihm anderes übrig?

Ein Mann kam herein, lächelte der jungen Frau zu und setzte sich zu ihr. Er war um die vierzig, am Haaransatz schon leicht kahl und hatte einen Goldzahn, der wie der Fangzahn eines Raubtiers an der Seite aufblitzte, wenn er lächelte. Gleich hinter ihm kam der Wirt mit zwei Gläsern Alkohol und einer Schale Würfelzucker an.

»Sind wir wirklich hier verabredet?«, flüsterte Lachaume.

Valette nickte.

Verstohlen äugten sie immer wieder zu der jungen Frau hinüber, die sie ebenfalls heimlich beobachtete, während ihr Begleiter ihr eine lange Geschichte ins Ohr flüsterte.

»Vielleicht wartet der Typ ja auch auf Lasteyrie?«, raunte Valette.

Tatsächlich schien der Typ sie zu beobachten, während er mit der jungen Frau sprach, seine Riesenpranke auf ihrer Schulter.

»Meinst du?«, flüsterte Lachaume, nachdem er einen Moment lang gewartet hatte.

»Wie in dem englischen Witz«, sagte Valette und lachte bemüht.

»Welchem?«

»Sitzen zwei Engländer in einem Café …«, begann Valette, als die Verbindungstür von einem spitzen Schuh aus grauem Seehundfell quietschend aufgestoßen wurde. Man sah auch den unteren Teil einer weiß abgesteppten graublauen, schmal geschnittenen Hose ohne Umschlag. Der Fuß stieß immer wieder die quietschende Tür auf, während sein Besitzer offenbar auf der anderen Seite von einem unerwarteten Gespräch zurückgehalten wurde. Schließlich ließ ein letzter Tritt die Tür auffliegen, und Lasteyrie erschien in einem prächtigen Zweireiher aus eben jenem weiß abgesteppten graublauen Stoff. Er trug einen mittelgroßen Koffer, den er nach einem kurzen Blick auf das Mädchen und den kahlen Typen eiligst hinter der Sitzbank verstaute.

»Na, Leute, wie geht's?«, rief er, wobei er Lachaume seine rechte Hand reichte und mit der linken die Wange von Valette tätschelte, der immerfort bewundernde Pfiffe von sich gab. »Das Leben ist herrlich, oder?«

Dann formte er eine Hand zum Trichter, wiegte sich spaßig in den Hüften und stemmte die andere Faust in die Seite:

»Hey, Chef! Trommelwirbel! Spot auf mich!«

Zwei Neonscheinwerfer gingen nacheinander an.

»Danke sehr!«, rief Lasteyrie, eine Hand auf der Brust, und verbeugte sich wie ein Varietékünstler.

»Was zieht ihr denn für Gesichter«, sagte er und setzte sich rittlings vor Lachaume und Valette auf einen Stuhl. Seine kleinen schwarzen, funkelnden Augen sahen neugierig von einem zum anderen und dahinter in Richtung Tür zu dem Mädchen, dem kahlen Typen und den Billardspielern am Ende des Raums. »Habt ihr die Zeit anständig genutzt? Nun erzählt doch mal, Mensch!«

»Und du?«, fragte Valette, »Hattest du Spaß?«

»Allerdings! Und ich habe nicht vor, damit aufzuhören … Ihr solltet euch mir anschließen«, meinte er mit einem Blick auf das blonde Mädchen, das ihm zulächelte.

Lachaume war überzeugt davon, dass Lasteyrie, der kahle Typ und das Mädchen sich gut kannten. Es war eine jener Gewissheiten, die man untrüglich nennt. Alles kam ihm verdächtig vor, der Ort, Lasteyries ausgelassene Art und vor allem der Koffer, den er zwischen Wand und Sitzbank verstaut hatte und dessen Griff er sehen konnte, wenn er sich zur Seite neigte.

»Ziehst du um?«, fragte er.

»Ja«, sagte Lasteyrie und sah zu dem Mädchen rüber. »Ich bin auf der Suche nach einem Nest, ich armer kleiner Spatz … Lacht gefälligst nicht!«, raunzte er, obwohl niemand gelacht hatte.

Für Lachaumes Ohren klangen all diese Sätze wie verabredet.

»Und das Basketballspiel?«, fragte Valette. »Wir müssen noch Karten kaufen …«

»Wir haben genug Zeit«, unterbrach ihn Lasteyrie. »Für ein Gläschen reicht's noch. Patron!«

Er klatschte in die Hände, um den Kellner herbeizurufen, drehte sich zu dem Mädchen und applaudierte übergangslos weiter. Vorgeblich zu seinen Freunden sagte er:

»Ich spende der Liebe Beifall! Und zwar der einzigen, der wahren Liebe: der Liebe, die man mit einem Mann macht, der keinerlei Pflichten mehr hat! – Keinerlei Wehrpflichten«, fügte er mit erhobenem Zeigefinger hinzu. »Keine Wehrpflicht mehr!«

Der Kahle lächelte.

»Ist ja nicht gerade nett deinem Kumpel gegenüber, schließlich ist er Soldat«, sagte er.

»Ach, der«, antwortete Lasteyrie und sah Valette an, »der kämpft im Hundertjährigen Krieg.«

»Und was ist mit dir?«, fragte der kahle Typ. »Hast du Plattfüße, oder was?«

»Ich hab's hinter mir!«, verkündete Lasteyrie und lachte ohne ersichtlichen Grund.

Der Kellner brachte Rum.

»Und das Basketballspiel?«, fragte Valette. »Wir müssen uns ranhalten.«

»Ist noch genug Zeit«, sagte Lasteyrie. »Solche Sachen fangen immer ein bisschen später an. Außerdem kommen sowieso erst noch die Nationalhymnen.«

Die Begründung schien überzeugend, jedenfalls beruhigte sich Valette.

»Komm mal ein bisschen näher ran«, sagte Lasteyrie plötzlich zu ihm und legte eine Hand auf seine Schulter. »Noch näher. Ich will hier nicht rumbrüllen. Siehst du diese Kneipe? Du kannst mit einem Mädel herkommen. Zwischen sechs und acht ist unter der Woche im kleinen Raum meistens nichts los. Ich zeig dir was: Du setzt dich auf die Bank wie das Mädchen und ihr Kerl, bloß auf die andere Seite. Auf diese Weise kannst du im Spiegel sehen, ob hinter dir, bei den Billardtischen, jemand reinkommt, und durch den Spalt dort drüben siehst du, ob der Chef oder sonst wer aufkreuzt. Kapiert?«

»Ja«, sagte Valette. »Wieso erzählst du mir das?«

»Bloß so«, sagte Lasteyrie. »Vielleicht nützt es dir eines Tages was. Ein Gratistipp meinerseits.«

»Aber den Dreh mit dem Münzfernsprecher, den kennt

ihr ja wohl hoffentlich?«, fragte er leise. »Kommt her, ihr zwei! Das muss man einfach wissen … Du steckst den Chip rein und wählst die Nummer. Aber wenn's klingelt, drückst du nicht die A-Taste, sondern haust links auf den Automaten. Schon steht die Leitung, und deine Münze kommt unten wieder raus. Todsicher. Mit diesem Trick könnt ihr euer Leben lang mit dreißig Mäusen telefonieren.«

Valette staunte.

»Soll ich's dir beweisen?«, fragte Lasteyrie.

»Die Wette gilt!«

»Wen rufen wir an?«, sagte Lasteyrie.

Sie saßen einander gegenüber und starrten auf der Suche nach einem möglichen Telefonpartner grübelnd in die Luft. Auch Lachaume dachte nach. Um ihnen aus der Klemme zu helfen, machte er bei dieser Kinderei mit. Aber Paris kam ihm plötzlich dermaßen fremd vor, dass sich sein Herz zusammenkrampfte. Schließlich rettete Lasteyrie die Situation.

»Die automatische Zeitansage«, meinte er. »Genau so eine Hure brauchen wir jetzt. Die treibt's mit jedem. – Pass auf meinen Koffer auf«, sagte er zu Lachaume gewandt. »Da ist alles drin, was ich hab.«

Sie gingen also die automatische Zeitansage anrufen.

Als wollte er den Koffer besser im Blick haben, hievte Lachaume ihn auf die Sitzbank. Verstehe, sagte er sich, er ist schwer. Weiter dachte er nicht. Zumindest gestand er sich keinen weiteren Gedanken ein, außer den: Wenn jemand weiß, wo man sich in Paris verstecken kann, dann Lasteyrie.

Schon kamen sie vom Telefonieren zurück.

»Echt einmalig, sein Trick!«, flüsterte Valette Lachaume zu.

»Du kannst es ihm später beibringen«, sagte Lasteyrie mit solchem Ernst, dass es Lachaume plötzlich leidtat, so geringschätzig sitzen geblieben zu sein. Schließlich sind es zwanzigjährige Jungs, sagte er sich. Er war ratlos.

»Rechne mal nach«, meinte Lasteyrie, der nicht lockerließ. »Was ihr durch mich damit spart! Und da sage noch einer, ich wär kein Bruder!«

»Wer hat behauptet, du seist kein Bruder?«, fragte Lachaume.

Lasteyrie zuckte mit den Schultern und deutete mit zwei Fingern eine seltsame Geste an, die sie noch nie bei ihm gesehen hatten und die aussah wie eine halbe Verneigung.

»Nein, im Ernst!«, wiederholte Lachaume. »Wer hat das gesagt?«

»Schon gut, schon gut«, sagte er mit schleppender Stimme. »Macht euch um mich keine Sorgen … Guckt lieber da hin.«

Er wies mit dem Kinn auf das Mädchen und den kahlen Typen.

Es handelte sich ganz einfach um eine Liebesgeschichte, die zaghaft begann. Als sie sich gegenseitig Feuer gaben, berührten sich ihre Hände ganz leicht. Es ließ sich ungefähr ausrechnen – zumindest glaubte das Lachaume –,wie lange es dauern würde, bis aus den Berührungen mit den Händen ein Streicheln im Nacken würde und so weiter und so fort. Der Typ wollte nichts überstürzen. Vielleicht verließ er sich ja darauf, dass sein grobes Gesicht in den Augen des Mädchens mit der Zeit sanfter erscheinen und sich der goldglänzende Fangzahn in seinem Mund in eine zierliche Perle verwandeln würde. Vielleicht war er ja schüchtern und unbeholfen. Die Schönheit jedenfalls, die Lachaume von jetzt an in diesem ungleichen, ja beinahe lächerlichen Paar sah, hatte etwas mit der Menge an Zeit zu tun, die noch zwischen ihnen, noch vor ihnen lag. Schließlich handelte es sich um einen Herrn, der keinerlei Wehrpflicht abzuleisten hatte.

Rittlings auf seinem Stuhl sitzend, den Zeigefinger erhoben, schwang Lasteyrie große Reden:

»Vierzig Jahre alt. Ledig. So wie Sie gebaut sind. Passen Sie bloß auf, Mann! In fünf bis sechs Jahren taugen Sie immer noch zum Einsatz im Wüstengebiet, Straßen bewachen, irgendwo zwischen dem Stützpunkt Bidon V und Aïn Sefra. Passen Sie bloß auf! Machen Sie schnell, heiraten Sie und setzen Sie viele Kinder in die Welt. – Denn jedes Kind bedeutet zwei Jahre Zurückstellung vom Militär«, fügte er, an das Mädchen gewandt, hinzu. »Aufgepasst, meine sehr verehrten Damen und Herren! Lassen Sie sich so schnell wie möglich zurückstellen!«

»Zurückbleiben, bitte!«, rief Valette, der ebenfalls glänzen wollte.

Der Typ war wütend geworden.

»Ihr haltet euch wohl für witzig!«, rief er und tat, als wollte er jeden Augenblick aufspringen.

»Nein«, meinte Lasteyrie und verneigte sich halb. »Ich scherze nie. Ich habe Ihnen nur einen freundschaftlichen Rat erteilt. Ehrenwort!«

Ganz der vorbildliche Geschäftsmann, öffnete der Wirt die Tür einen Spalt weit und sorgte für Ruhe, ohne sich aber groß einzumischen.

»Schon gut«, seufzte Lasteyrie, »Sie undankbare Type, Sie …«

»Wen meinst du damit?«, schrie der kahle Typ.

»Na, Paris«, sagte Lasteyrie. »Ich wollte sagen, Paris ist

einfach undankbar.« Dann trällerte er mit Maurice-Chevalier-Stimme:

*Adieu Paris*
*Ich zieh' aufs Land …*

Er konnte nicht still sitzen. Seine kleinen schwarzen Augen irrten ziellos durch den Raum.

»Übrigens, was das Basketballmatch angeht«, meinte er, »das könnt ihr euch abschminken. Es ist kurz nach halb elf.«

Lachaume und Valette schrien auf, überzeugten sich nacheinander von der Uhrzeit, aber es stimmte. Sie schrieben das Basketballspiel ab, das sie früher so gemocht und selbst betrieben hatten, Lachaume im Sportclub der Pariser Universität und Valette beim Arbeitersportverband, was Lasteyrie, der beim Olympiaclub in Billancourt spielte, immer mit einer Anzüglichkeit kommentierte. Drei Namen, drei Verbände, die früher einmal für leidenschaftliche Gespräche gesorgt hatten. Waren sie nicht sogar durchs Basketballspielen erst Freunde geworden? Sie erinnerten sich an jenen weit zurückliegenden Tag in Koblenz, als die Basketballspieler zusammengetrommelt worden waren. Mit gesenkter Stimme wie beim Verlassen eines Friedhofs sprachen sie vom Basketball, als handelte es sich um einen Toten, der sie früher einander vorgestellt hatte.

»Wir sind Freunde geworden!«, stellte Valette mit einem Nicken fest. »Freunde, wie sie nicht oft vorkommen …«

In diesem Augenblick war das Schweigen zwischen ihnen von ganz besonderer Art. Den Kopf in die Hände gestützt, strich sich Lasteyrie mechanisch über die Koteletten.

Die junge Frau und der Typ waren aufgestanden und

machten sich auf den Weg nach draußen. Im Vorbeigehen lächelte sie Lasteyrie zu.

»Auf geht's!«, rief er, als sich die Tür hinter dem Pärchen geschlossen hatte. »Das ist ein Klacks.«

»Und der Typ?«

»Sie wird ihn abservieren … klarer Fall. Auf geht's! Auf geht's!«, wiederholte er und griff nach seinem Koffer.

Lachaume und Valette waren ihm gefolgt, doch Lasteyrie schien plötzlich zu zögern. Er blickte sich um, strich mit zwei Fingern über den abgewetzten Kunstlederbezug der Sitzbank und deutete schulterzuckend mit denselben zwei Fingern jene halbe Verneigung an, deren tieferer Sinn seinen Freunden entging.

»Auf geht's!«, sagte er und stieß mit dem Fuß die Tür auf.

Sie folgten dem Pärchen in einigem Abstand bis zum Boulevard de Grenelle. Die erleuchteten Fenster der Hochbahn, die über ihren Köpfen hinwegdonnerte, spiegelten sich auf den dunklen Häuserfassaden. Es nieselte, die Straßen waren menschenleer, wie immer nach Feiertagen.

Lasteyrie gab seinen Koffer Valette und wechselte in die Mitte, wo er seine Freunde unterhakte. Auf diese Weise zog er sie mal schneller mit sich, mal zwang er sie, langsamer zu gehen. Manchmal stützte er sich auch einfach auf ihnen ab und unterstrich seine Worte, indem er die Absätze seiner Schuhe aus grauem Seehundfell rhythmisch aufs Pflaster klacken ließ.

»Ihr werdet schon sehen«, sagte er. »Gleich trennen sie sich irgendwo, sie tut so, als würde sie die Metro nehmen, und dann, wenn der Typ außer Sichtweite ist, kommt sie wieder rausgerannt … Und was wird sie sagen, wenn sie meine hübsche Fresse erblickt? – Sie wird sagen: ›Ich habe meine Handschuhe vergessen …‹«, fuhr er mit verstellter

Stimme fort. »Und dann musst du wie ein Kamel lostraben …«

»Wohin?«, fragte Valette.

»Na, die Handschuhe holen«, antwortete Lasteyrie. »Das musst du auf jeden Fall!«

»Wieso?«, fragte Lachaume.

Er wurde wieder misstrauisch. Das Ganze roch allzu sehr nach einem abgekarteten Streich.

»Mademoiselle hat auch ihren Stolz!«, sagte Lasteyrie. »Die Handschuhe müssen geholt werden!«

»Aber warum muss unbedingt Valette sie holen?«, fragte Lachaume.

Lasteyrie blieb abrupt stehen.

»Ihr seid so was von begriffsstutzig!«, sagte er und stemmte die Fäuste in die Hüften.

»Ich habe eine Vermutung angestellt«, fuhr er in belehrendem Ton fort. »Und zwar dahingehend, dass das Mädchen wieder auftaucht, nachdem es seinen Typen abgehängt hat. Und ich behaupte, sie wird lieber irgendwas erfinden, als zuzugeben, dass sie nur wegen mir zurückgekommen ist. Kapiert?«

»Gut«, fuhr er fort und stützte sich auf ihren Armen ab. »Wenn eine Frau einem mit solchem Humbug kommt, muss man den Übereifrigen spielen, so Herzog-von-Windsor-mäßig, versteht ihr? Du suchst nach dem Handschuh, als wär er tatsächlich weg und als könntest du ihn wirklich finden. Früher, als ich noch ein frecher Bengel war, hab ich einen auf Schlaumeier gemacht. Ich fasste die Frau um die Taille und sagte zu ihr, dass uns ihr Handschuh oder ihr Schal, je nachdem, doch egal sein könne, wichtig sei nur, dass wir zusammen wären, und noch mehr solchen Quatsch; daraufhin bekam ich regelmäßig eine geknallt, manchmal sogar zwei … Ach, die Pariserinnen!«, sagte er und ließ seine Absätze klacken. »Eingebildete, gemeine Luder! Ihr macht euch keine Vorstellung! … Heiratet sie, und sie werden weiter felsenfest behaupten, sie hätten den Handschuh damals wirklich verloren. Noch auf dem Sterbebett werden sie's schwören. Und vielleicht ist es sogar besser so. Ich jedenfalls mochte das immer, wisst ihr«, meinte er mit heiserer Stimme. Er blieb stehen, um sich zu räuspern.

»Was mochtest du?«, fragte Lachaume.

»Na, das alles«, sagte er mit einer halben Verbeugung.

»Ihr seid echt Erstklässler, was das betrifft«, fuhr er fort und hakte sich wieder bei ihnen unter. »Doch, doch, ich weiß, wovon ich rede. Du hast dauernd über deinen Büchern gehockt, und du, Kumpel, warst bei den Pfadfindern …«

Valette protestierte.

»Ist nicht böse gemeint«, sagte er und zwang sie weiterzugehen. »Aber im Grunde läuft's auf dasselbe hinaus: Ihr habt keine Ahnung von … all dem!« Er deutete mit dem Kopf zum Boulevard de Grenelle, über den die Hochbahn hinwegfegte. »Ich hätte euch eine Menge Sachen beibringen können! Wir hätten uns in den letzten Tagen öfter sehen sollen …« – »Eine Menge Tricks hätte ich euch beibringen können«, fuhr er heiser fort. »Ihr seid doch meine Kumpels … Hört sich vielleicht komisch an, aber ich mochte das immer, abends mit Kumpels abzuhängen. Ihr nicht?« – »Ich wette nicht«, meinte er. »Ihr seid keine Typen, die ihre Zeit mit Rumhängen vergeuden.«

»Ich hab meine Einstellung geändert«, sagte Lachaume. »Was heißt das schon, Zeit vergeuden?«

»Du machst Fortschritte«, spöttelte Lasteyrie. »Aber pass bloß auf! Wenn du so weitermachst, ist deine Laufbahn als Lehrer bald im Eimer …«

Er blieb abrupt stehen und lachte kurz auf.

Ein Clochard trat aus der Dunkelheit und salutierte vor Valette.

»Korporal«, sagte er, »haben Sie eine Kleinigkeit für einen ehemaligen Fremdenlegionär?«

Valette holte ein paar Geldstücke aus seiner Hosentasche und versuchte, sie im Schein einer Laterne zu identifizieren.

»Es ist für einen ehemaligen Legionär.« Der Kerl ließ nicht locker. »Und zwar einen waschechten. Ich hab auch die Tätowierungen. Wollt ihr mal sehen?«

»Nein«, sagte Valette.

»Ich schon«, meinte Lasteyrie. »Ich will alles sehen.«

Der Kerl krempelte die Ärmel seiner Lammfelljoppe hoch und zeigte im Schein der Laterne zwei halb verblasste bläuliche Tätowierungen auf seinen Unterarmen vor, zwischen denen zum einen Verdun und zum anderen Sidi-Bel-Abbès* stand.

»Echt spitze«, meinte Lasteyrie.

Der Kerl nickte mit düsterer Miene und streckte die Hand aus. Als er die silberne Hundert-Francs-Münze darin sah, verbarg er plötzlich die untere Gesichtshälfte hinter seiner Hand, blickte Lasteyrie schief an, als wollte er sich ins Fäustchen lachen, und sagte leise:

»Mit uns Bretonen stimmt was nicht. Wir sind nicht ganz dicht. Wie kommt's, dass wir alle abstürzen?« Er kam noch näher an Lasteyrie heran, fuhr sich langsam über die Wangen und tat, als versteckte er sein Lächeln hinter der Hand.

* Sidi-Bel-Abbès: kleine Stadt im Nordwesten Algeriens, in der sich von 1843 bis 1962 das Hauptquartier der französischen Fremdenlegion befand.

»Der ist wirklich Bretone«, sagte Lasteyrie. »Seht ihr, wie er sein Lachen versteckt? Das machen alle Bretonen.«

»Ich bin ein Bretone aus Avranches!«, sagte der Kerl und schlug sich auf die Brust.

»Du bist ein Heiliger«, sagte Lasteyrie.

»Im Gegenteil! Die Schwarzröcke sind mir ganz und gar verhasst!«, sagte er etwas leiser. »Neulich geh ich in die Notre-Dame und bekreuzige mich (er bekreuzigt sich) – ein Bretone bekreuzigt sich immer …«

»Los, lasst uns gehen«, sagte Lachaume.

»Hör doch mal zu!«, sagte Lasteyrie und fasste ihn am Arm.

»Ich bekreuzige mich also (er tut es noch einmal) … da seh ich einen Beichtstuhl, versteht ihr … ich geh rein und mach ein Nickerchen. Aber morgens um sechs macht plötzlich wer das Licht an, und ich denke: Wie komm ich jetzt hier raus? Der Aufpasser sagt zu mir: ›Was machst du hier drin? Du wartest gefälligst!‹ Ich hab gleich kapiert: Der hat die Bullen geholt … Also sag ich zu denen: ›Was soll der ganze Rummel? Ich hab ein bisschen gebetet und danach ein kleines Nickerchen gemacht.‹ Sie filzen mich gründlich durch und sagen: ›Hat nichts eingesteckt.‹ So ein Gewese! Ich hab ein bisschen gebetet und danach ein kleines Nickerchen gemacht … Ah! Aber nachts hab ich Tausenderscheine gesehen.«

»Im Traum?«, fragt Lasteyrie.

»Nein, nein, in den … wie heißen diese Dinger … die *für die Armen*! Ich hab einen Haufen Tausenderscheine gesehen, aber ich hab nichts eingesteckt. Bloß ein kleines Nickerchen gemacht … ist echt eine Schande! Nicht mal das Recht, zu schlafen, hat unsereins!«

»Dabei gäbe Notre Dame ein schönes Hotel ab«, meinte Lasteyrie. »Würden eine Menge Zimmer reinpassen.«

Die untere Gesichtshälfte hinter seiner Hand verborgen, kam der Kerl plötzlich noch näher.

»Das ließe sich machen!«, sagte er leise, aber aus tiefster Überzeugung. »Das ließe sich machen! … Wenn wieder ein Robespierre käme, wie es früher einen gegeben hat, würden sie es machen! Sie würden es machen!« – »Und was würde mit der Fremdenlegion passieren?«, fuhr er fort und zwinkerte schelmisch. »Was könnte man mit der Fremdenlegion machen, hm?«

»Na, was?«, flüsterte Lasteyrie.

»Eine Revolution!«, sagte er und fuhr sich leise lachend über die Wangen. »Eine Revolution! Zuerst würde die Fremdenlegion sämtliche Ausländer vertreiben … Die Franzosen sind weg vom Fenster! Und mit uns Bretonen stimmt was nicht. Haben nicht alle Tassen im Schrank …«

»Da steht ja auch schon der Wein drin«, meinte Lasteyrie.

Der Kerl lachte hinter vorgehaltener Hand und wiederholte kopfschüttelnd: »Mit uns stimmt was nicht! Wie kommt es, dass wir alle dermaßen abstürzen?«

»Das kommt vom Wein«, sagte Lasteyrie leichthin.

»Ja! Am Wein liegt's!«, wiederholte der Kerl mit wütender Überzeugung. »Der Wein ist schuld! Der Wein!«

»Echt spitze!«, meinte Lasteyrie.

In der Zwischenzeit war das Pärchen verschwunden. Vergeblich suchten sie in den angrenzenden Straßen nach den beiden, zum Schutz vor dem beginnenden Regen stellten sie sich schließlich wieder unter die Hochbahn.

»Wir müssen jetzt eine Entscheidung treffen«, sagte Lasteyrie. »Wir haben gerade noch genügend Zeit. Montparnasse oder Clichy?«

Unentschlossen blickten Lachaume und Valette sich an.

»Ich übernehme das Kommando«, sagte Lasteyrie. »Auf geht's!«

»Und wohin?, fragte Valette.

»Clichy. Das ist …«

Er deutete eine Handbewegung an.

»Was?«

»Da haben wir bessere Chancen zu dritt. Da oben laufen die Frauen immer in Grüppchen rum. Auf geht's!«

»Aber es ist weiter weg«, meinte Lachaume.

»Weiter weg als was?«, fragte Valette.

»Als Montparnasse«, sagte Lasteyrie. »Es ist weiter, das stimmt … Also gut, dann eben Montparnasse!«

»Nein«, meinte Lachaume. »Vom Montparnasse wird mir schlecht.«

»Da ist's schäbig, stimmt«, sagte Lasteyrie.

»Und wieso sollen wir dann dahin?«, fragte Lachaume in einem plötzlichen Wutanfall.

»Ist doch nicht meine Schuld! Du hast davon angefangen.«

»Das kann ja heiter werden!«, meinte Valette.

»Also auf nach Clichy!«, sagte Lasteyrie.

Sie gingen los.

»Was zum Teufel sollen wir in Clichy?«, fragte Lachaume und blieb stehen.

»Da gehen doch bloß Touristen hin«, sagte Valette.

»Mann, ihr seid echt stur!«, schrie Lasteyrie und stemmte die Fäuste in die Hüften.

»Mal ehrlich«, sagte Lachaume, »Clichy, Pigalle, Barbès … hast du da wirklich Spaß? Die grellen Lichter, die grässlichen Farben, die hässlichen Fratzen der Anreißer vor den Tanzschuppen mit dem aufgesetzten Lachen, all diese Leute, die ihre Großmutter verhökern würden, die Nutten, die sich in den Kneipen zieren, und das alles in Zeitlupe und ohne jede Überzeugung … ehrlich, das gefällt dir?«

»Sei still«, sagte Lasteyrie. »Am liebsten wär ich schon dort!«

»Wenn du wie ich aus der Provinz stammen würdest«, sagte Lachaume mit einer Art kalter Wut, »wenn du in Arras bei einer Varieté-Revue im Stadttheater dabei gewesen wärst, würdest du keinen Fuß mehr ins Pigalle setzen wollen! Aber ihr Pariser erkennt den Schwindel gar nicht mehr, weil ihr ihn zu nah vor der Nase habt! Verstehst du, was ich meine?«

»Sag bloß!«, meinte Lasteyrie heiser. »Ihr Provinzler bringt mich echt zum Lachen. Wo hast du, Professor, denn schon mal was gesehen, das kein Schwindel gewesen wär? Alles ist Schwindel! Alles hier.« Er deutete mit dem Kopf auf den Boulevard de Grenelle. »Auf geht's.«

Wieder gingen sie ein Stück.

»Macht ein bisschen hin!«, sagte er. »Nach Mitternacht sind alle Mädchen vergeben.«

Er packte sie am Arm und zog sie weiter.

»Und die andern nehmen die letzte Metro«, sagte er. »Die Pariserinnen sind echte Sparfüchse! Ihr macht euch keine Vorstellung!«

»Also, ich geh jetzt«, sagte Valette. »Mein letzter Zug fährt um eins, von der Gare Saint-Lazare.«

»Jetzt reicht's aber!«, schrie Lasteyrie plötzlich und ließ sie los. »Seit einer Stunde frieren wir uns hier einen ab! Ich verzieh mich. Los, gib mir meinen Koffer. Wiedersehen!«

»Warte doch mal«, sagte Lachaume.

»Ich will nicht noch mehr Zeit verschwenden! Wiedersehen!«

Er griff seinen Koffer, blickte sich um und ging davon.

»Wo gehst du hin?«, rief Lachaume.

Als Antwort machte Lasteyrie nur eine Handbewegung, ohne sich umzudrehen, dann zuckte er mit den Schultern. Lachaume rannte ihm nach und packte ihn am Arm.

»Wo willst du hin?«, fragte er noch einmal misstrauisch.

»Lass mich los. Ich will nicht noch mehr Zeit verschwenden!«

Er sprach hektisch, seine kleinen funkelnden Augen wichen Lachaume aus; er versuchte, sich aus seinem Griff zu winden.

»Mach meinen Anzug nicht kaputt!«, sagte er. Dann lachte er plötzlich los, als hätte er bloß einen Witz gemacht.

»Mach schon, lass los!«, sagte er noch einmal sanfter. »Ich bin kein Intellektueller wie ihr. Ist mir egal, ob's echt ist oder geschwindelt, ich will heut Nacht ein Mädchen!«

Doch für Lachaume kam es nicht mehr in Frage, ihn gehen zu lassen. »Ich will ebenfalls ein Mädchen«, sagte er. »Wir werden zusammen gehen.« Die misstrauischen Gedanken, die irre Hoffnung, all das verblasste hinter dieser Lüge, die Lasteyrie mit spöttischem Ausdruck aufnahm.

»Auf jeden Fall muss ich mir ein Zimmer suchen«, sagte er heiser. »Ich will nicht die ganze Nacht meinen Koffer mit mir herumschleppen.«

Lachaume ging auf den Vorschlag ein.

Mit einem Taxi fuhren sie zu seinem Hotel. Zu dritt auf der Rückbank, Lasteyrie wie ein Gefangener in der Mitte, schlotterten sie wegen des eisigen Nordwindes, der von der Seine her den Boulevard de Grenelle entlangweht und ihn so zu einer der kältesten Verkehrsadern in Paris macht.

»Und mein Zug?«, meinte Valette.

»Der wartet!«, entgegnete Lachaume. »Außerdem bist du reich. Du kannst dir ein Taxi nehmen.«

»So weit!«, entfuhr es Valette.

Beide spürten, wie Lasteyrie neben ihnen in der Dunkelheit mit den Schultern zuckte.

Das Hotel in der Rue Cujas war belegt. Wegen der Feiertage. Der Schwarze an der Rezeption bedauerte.

Sie gingen trotzdem hinauf in Lachaumes Zimmer, und der Schwarze brachte ihnen Grog. Schließlich kauften sie ihm die Flasche Rum, die zu drei Vierteln voll war, zu einem horrenden Preis ab. Aber es wurde ihnen nicht richtig warm.

Sie tranken weiter, als wollten sie die Kälte vertreiben, die jetzt auch zwischen ihnen herrschte. Nie waren sie einander so fremd gewesen. Es wurde immer unerträglicher.

Lasteyrie stand auf und ging mit dem Koffer in der Hand zur Tür.

»Wo willst du hin?«, fragte Lachaume und stellte sich ihm in den Weg.

»Lass mich durch«, sagte er schulterzuckend.

Da Lachaume sich nicht von der Stelle rührte, drückte er den Koffer gegen sein gebeugtes Knie und ließ das Schloss aufschnappen, wobei er Lachaume nicht aus den Augen ließ.

»Du bringst mich echt zum Lachen, Prof, wirklich!«, sagte er mit schleppender Stimme, in der ein Hauch Spottlust lag, die mitten ins Herz traf.

Bei diesen Worten hob er plötzlich den Koffer mit beiden Händen hoch und kippte den Inhalt aus. Mit dumpfem Geräusch polterten seine Armeestiefel heraus und wurden gleich darauf von Lasteyries Hose, seiner Jacke und dem Uniformmantel bedeckt, ein Ensemble, das sich auf dem Teppich ausnahm wie die flachen Überreste von irgendwas.

»Da!«, sagte Lasteyrie mit heiserer Stimme. »Jetzt weißt

du, was drin ist in dem Koffer, du Vollidiot!« Er räusperte sich, indem er den Rest Rum trank, der noch in der Flasche war.

Per Telefon orderte Lachaume eine weitere bei dem Concierge, der sie sofort heraufbrachte und ängstlich zu den khakifarbenen Überresten auf dem Teppich sah. Sie hatten sich drum herum gesetzt, Lasteyrie mit dem Rücken an den Sessel gelehnt, Lachaume und Valette nebeneinander vorm Bett. Inmitten des Zigarettenqualms ging die Flasche langsam reihum. Aber nicht der Alkohol machte sie wieder zu Freunden. Wie es schien, waren es die khakifarbenen, grotesken, sonderbaren Überreste in dem abweisenden Licht dieses Hotelzimmers, die sie wieder versöhnten. Sie hatten ihre Gemeinsamkeit wiedergefunden: die Verzweiflung, die Sinnlosigkeit. Das feierten sie, indem sie Rum tranken und die Asche ihrer Zigaretten über Lasteyries Uniform abklopften, was mit steigendem Alkoholpegel immer größere Heiterkeit auslöste.

Als Lena ins Zimmer trat, in lachseliger Verwunderung auf die seltsamen Überreste zeigte und mit ihrem deutschen Akzent fragte: »Was ist das denn? Habt ihr jemanden umgebracht?«, wurde sie von einem gewaltigen Lachanfall empfangen.

Sie hielten sich die Seiten, verloren das Gleichgewicht und machten immer wieder ihre Geste mit dem ausgestreckten Zeigefinger nach, öffneten den Mund, um etwas zu sagen, und mussten nur noch mehr lachen.

Schließlich hievte sich Lachaume am Bettpfosten hoch, machte Lenas Geste noch einmal nach und brachte den Satz heraus:

»Da liegt unsere Jugend!«

Lachselig riss Lena die Augen auf.

»Unsere Jugend, die futsch ist!«, wiederholte Lachaume laut und feierlich. Valette zog ihn zurück auf den Boden, wo das Gelächter weiterging.

Bald war auch Lena auf dem Teppich gelandet. Mit überkreuzten Beinen saß sie zwischen Lachaume und Lasteyrie, der sie mit Rum und Zigaretten versorgte.

»Wer ist'n der?«, fragte sie und zeigte mit dem Finger auf ihn. »Den da versteh' ich ja«, (sie deutete auf den uniformierten Valette), »aber der da, wer ist das?«

Alle lachten, als sie noch einmal fragte:

»Wer ist'n der?«

»Ein Fabrikschneider«, sagte Lasteyrie schließlich und rückte näher an sie heran. »Bloß ein kleines Schneiderlein … für Damenwäsche!«, fügte er hinzu und knabberte an ihrem Ohr.

»Und das da?«, fragte sie und zeigte auf die Uniform.

»Na, unsere Jugend!«, sagte Lachaume, als läge die Sache klar auf der Hand. »Das ist unsere Jugend! Unsere Jugend, die futsch ist …«

»Da haben wir sie abgeknallt!«, rief Valette und tat, als zielte er auf die khakifarbenen Überreste. »Paff! Paff! Weg damit!«

# KAPITEL 9

Es wurde mehrmals mit Nachdruck an die Tür geklopft. Einen kurzen Moment lang blinzelte Lachaume und lächelte. Er war in Arras, seine Mutter weckte ihn. Wieder klopfte es, und in seinem Traum gähnte und streckte er sich in der wohligen Vorfreude auf die große Schale Milchkaffee, die in der Küche auf ihn wartete. Woraufhin er, geduscht und erfrischt, mit dem Fahrrad zum Sportplatz außerhalb der Stadt fahren würde, um mit seinen Schulfreunden vor der ersten Stunde zu trainieren. Es war Frühling, der Krieg war vorbei, er war kein kleiner Junge mehr, die Mädchen schwärmten für ihn, das Leben war schön! Wieder klopfte es. Er streckte die Hand aus und tastete nach dem Parkett, auf dem er sich abstützen wollte, um mit einer Rolle aus dem Bett zu springen, wie er es für gewöhnlich tat. Da aber das Hotelbett höher war als sein Kinderbett in Arras, griff seine Hand ins Leere, und er schreckte in dem Moment aus dem Schlaf, als er aus dem Bett zu fallen drohte. Es klopfte immer noch.

Er stand auf, richtete halbwegs seine zerknitterten Sachen, in denen er geschlafen hatte, und brummte, er käme gleich, wobei er über die noch überall herumliegenden leeren Flaschen und Gläser hinwegstieg. Valette, der auf der anderen Seite des Bettes lag, hatte sich halb aufgerichtet und brummte ebenfalls irgendwas.

»Georges, Liebling, bist du da drin?«, fragte eine Stimme, die Lachaume sofort erkannte, ohne dass er es recht glauben konnte.

»Ja, ich bin's«, rief er, um ein wenig Zeit zu schinden, in der er die Flaschen verschwinden lassen konnte. Während er sich noch mit den Fingern kämmte, öffnete er seiner Mutter die Tür.

Sie warf sich in seine Arme, küsste ihn, streichelte sein Gesicht, stieß Freudenschreie aus und flüsterte ihm Zärtlichkeiten zu, bis sie Valette sah, der beim Anblick der großen und kräftigen Frau mit dem schwarzen Hut entgeistert unter der Bettdecke hervorlugte.

»Wie hast du mich aufgespürt?«, fragte Lachaume und rieb sich mürrisch die Augen.

Sie hob einen Finger und tippte sich damit an die Nasenspitze, als wollte sie sagen, sie habe da so ihre Spione. Es musste eine vertraute Geste in der Familie sein, denn Lachaume lächelte unwillkürlich, schien aber gleich darauf verärgert darüber, dass sie ihn zum Lächeln brachte.

»Wer ist der Mann da drüben?«, fragte sie leise und deutete auf Valette – der sogleich die Augen schloss und sich schlafend stellte.

Lachaume dachte kurz nach. Dann sagte er: »Ein Soldat, der seinen Zug verpasst hat.«

»Ich bin sofort losgefahren«, sagte sie leise (um den Soldat nicht aufzuwecken). »Mein armer Kleiner, als ich gehört hab, dass du da bist und sie dich hat sitzenlassen, diese … diese … ach, lassen wir das! … Als ich es gehört hab, hab ich mich sofort in den Zug gesetzt!«

»Aber wie hast du's erfahren?«

»Nimm dir das Ganze bloß nicht zu Herzen«, fuhr sie im selben Atemzug fort und blickte ihren Sohn zärtlich und mahnend an. »Das Verhalten dieser unglückseligen Person spricht wirklich Bände! Den Ehemann zu verlassen, während er bei der Armee ist – einfach niederträchtig, so was.

In deinem Herzen sollte kein Platz mehr für sie sein. Du hängst doch hoffentlich nicht mehr an ihr?«

»Hör mal, Mama«, begann Lachaume leise nach einem kurzen Blick zu Valette, der vorgab zu schlafen. »Nicht sie hat mich verlassen. Ich war's. Wie soll ich's dir erklären, Mama …«

»Du musst mir nichts erklären, mein Kleiner!«, unterbrach sie ihn und strich ihm über die Schläfe. »Du bist deinem Vater in allem so ähnlich! Wenn man ihm etwas zuleide getan hatte, verzog er sich auch in irgendeine Ecke und sagte nichts. Du bist genauso stolz wie er … Ach, mein armer Liebling«, fuhr sie fort und holte ihr Taschentuch hervor, »weißt du, ich mache dir keinen Vorwurf, dass du mir nichts von deiner Rückkehr gesagt hast …«

»Hör auf zu weinen, Mama«, flüsterte er. »Ich kann nichts dafür, es hat sich so ergeben. Beim nächsten Mal verbringen wir die Zeit zusammen …«

»Wann fährst du?« Fast klang es wie ein Aufschrei.

»Bald …«

»Wann?«

Einen Moment lang schwieg er.

»In ein paar Tagen«, sagte er schließlich mit fast unhörbarer Stimme, damit Valette nicht mitbekam, dass er seine Mutter anlog. Aber der gute Valette gab trotz des Geschreis immer noch vor zu schlafen, wofür Lachaume ihm unendlich dankbar war.

»Ich hab mich bei Tante Evelyne einquartiert. Sie hätte es nicht verstanden, wenn nicht … Warum bist du nicht bei ihr gewesen?«

»Ich hab nicht dran gedacht, ehrlich«, meinte Lachaume.

»Das wäre immer noch besser gewesen als hier«, fuhr sie

seufzend fort. »Ach, mein armer Kleiner, wie du aussiehst. Du warst doch immer so adrett, so schick und fröhlich. Du warst doch immer …« Sie konnte nicht weitersprechen und wischte sich mit dem Taschentuch über die Augen. Lachaume sah ihre Hand wie die einer alten Frau zittern und war erschüttert.

Zum ersten Mal, seitdem er keine kurzen Hosen mehr trug, nahm er seine Mutter von sich aus in die Arme und tröstete sie ohne falsche Scham, und plötzlich wurde ihm klar, dass seine Jugend tatsächlich tot und begraben war.

»Ich hab Madame Noble gesprochen, die Mutter von deinem Schulkameraden, der jetzt Unterpräfekt ist«, sagte sie leise. »Sie hat mir versprochen, sich in der Kanzlei von M… für dich einzusetzen. Sie macht es ganz bestimmt, du wirst sehen. Sie werden dich als Dolmetscher nach Deutschland versetzen, zu den Amerikanern. Und die Amerikaner werden dich bestimmt gern behalten. Sportlich, wie du bist, wirst du ihnen gefallen, sie werden dich ganz sicher behalten …«

Lachaume, der ihr das Taschentuch aus der Hand genommen hatte, wischte ihr die Tränen ab und stimmte ihr in allem sanft zu. Seit achtzehn Monaten war nun schon die Rede davon, dass Madame Noble sich für ihn verwenden wolle und die amerikanischen Behörden verhindern würden, dass er nach Algerien fuhr …

»Ja, Mama, ja«, sagte er wieder und wieder. »Alles wird gut.«

Allmählich beruhigte sie sich. Es war halb zwölf. Sie aß bei Tante Evelyne zu Mittag, die sich für gewöhnlich um Punkt zwölf zu Tisch begab. Lachaume wollte nicht mitkommen. Er war ohnehin nicht ausgehfertig, und in ihrem

Mutterstolz wollte Madame Lachaume nicht, dass er bei Tante Evelyne in nachlässiger Aufmachung erschien. Bei all dem Gerede, zu dem schon die Scheidung Anlass geben würde … Sie nahm ihm das Versprechen ab, am Abend zum Essen zu Tante Evelyne zu kommen.

»Kopf hoch, mein Junge!«, sagte sie zärtlich.

Im Gehen zögerte sie plötzlich. Man hätte meinen können, ihr Instinkt warnte sie. Lachaume beobachtete sie mit klopfendem Herzen. Ahnte sie etwas? Nur eine weitere Frage noch, und er hätte ihr nicht mehr länger verschweigen können, dass er am selben Abend, um null Uhr vierzig, abfuhr. Sollte man es ihr jetzt erzählen, damit sie sich an die Vorstellung seiner Abfahrt gewöhnen konnte, oder sollte man das Ganze bis zum Abend aufschieben? Die Hand schon auf der Türklinke, sah sie ihn merkwürdig an und konnte sich nicht entschließen.

»Was ist, Mama?«, fragte er mit trockener Kehle.

»Du wirst mich auslachen«, sagte sie zögernd, »aber versprich mir, dass du kommst …«

Er nickte.

»Versprich mir, dass du kommst, zum Andenken an deinen armen Vater und um deiner Mutter eine große Freude zu machen …«

Mit einem kurzen Blick zu Valette, der sich immer noch schlafend stellte, nickte er wieder.

»Als du nach Algerien gegangen bist, hab ich mich nicht getraut, es dir zu geben«, sagte sie und kramte in ihrer Handtasche. »Ich hatte Angst, diese … diese … dass Françoise sich vielleicht drüber mokieren würde … Aber heute wirst du es mir nicht abschlagen und es nehmen, nicht?«, sagte sie in flehendem Ton und holte aus ihrer Handtasche eine Kette, an der ein kleiner weißer Elefant hing.

»Der ist wirklich hübsch«, murmelte Lachaume.

»Er ist ein Glücksbringer. Dein Vater hat ihn mir am Abend vor unserer Hochzeit geschenkt«, sagte sie mit ergriffener Miene. »Er wird dich beschützen … Du wirst ihn doch tragen, oder? … Mach mir die Freude …«

»Ja, Mama«, sagte er. »Zumal ich im Zeichen des Elefanten geboren bin …«

»Was redest du für dummes Zeug!«, schimpfte sie ihn im Spaß aus. »Es gibt kein Sternzeichen Elefant. Du bist am 25. Oktober geboren, mein Liebling, also Skorpion.«

»Wie auch immer«, sagte er. »Elefant, Skorpion, ist mir beides recht.«

Sie strahlte, als sie sah, dass er die Kette so ohne Weiteres annahm. Im Zug von Arras nach Paris hatte sie sich tausend Gedanken darüber gemacht, ob er sie annehmen würde. Und nun hatte ihr Liebling Georges ganz und gar nichts dagegen und gab ihr sogar einen Kuss zum Dank. Vor Freude darüber weinte sie.

Nachdem er die Tür zugemacht hatte, ging Lachaume hinüber zum Bett. Valette tat noch immer, als schliefe er.

»Tja«, meinte er. »Das war meine Mutter.«

Da er bis eben so getan hatte, als schliefe er, tat Valette natürlich auch so, als schreckte er aus dem Schlaf hoch. Derart taktvoll war er.

Lachaume ließ die Kette mit dem weißen Elefanten über seinem Gesicht baumeln.

»Schau genau hin«, sagte er. »Das ist das Symbol unserer Generation.«

»Was ist das?«, fragte Valette mit gespielter Ahnungslosigkeit.

»Komm schon! Steh auf!«, sagte Lachaume und steckte den Elefant in seine Hosentasche.

Er erblickte einen Rest Rum in einer Flasche und trank ihn in einem Zug aus.

Sie wuschen und rasierten sich, und während Valette versuchte, seine Uniform zu glätten, holte Lachaume seine aus dem Koffer und warf sie sich pfeifend über.

»Ziehst du sie jetzt schon an?«, fragte Valette.

»Na und ob!«, rief Lachaume und betrachtete sich von Kopf bis Fuß im Schrankspiegel. Er kniff die Augen zusammen und verzog den Mund, als wäre er sein eigener Vorgesetzter. »Da gibt's nichts dran zu rütteln«, meinte er. »Diese Farbe ist einfach potthässlich. Ich sage das ganz objektiv. Und was diesen gelben Strick auf unserer Schulter angeht – den die Bürger von Calais wenigstens zwanglos um den Hals tragen durften –, was also die Fangschnur unserer ruhmreichen Regimenter angeht, bin ich der Meinung, dass sie auf deprimierende Weise den natürlichen Hang von khakifarbenem Stoff betont, sich nach einer Weile schmutziggelb zu verfärben.«

Er nahm noch einen Schluck Rum.

»Wir sollten eine Unterschriftensammlung starten – Unterschriftensammlungen sind heutzutage ja angesagt –, damit wir neue Uniformen kriegen«, fuhr er fort. »Außerdem macht sich Khaki in Afrika auch gar nicht gut.«

»Umso besser«, meinte Valette.

»Was Sie da sagen, Korporal Valette, ist reiner Blödsinn«, behauptete Lachaume, während er sich vor dem Spiegel drehte, um seine im Rücken abstehende Jacke zu betrachten. »Eines Tages werden Sie Abbitte leisten und sich mir anschließen, um auf dem Dienstwege Ihrem Wunsch nach einer für Afrika geeigneten Uniform Ausdruck zu verleihen etc. pp.«

»Genug, genug!«, rief Valette mit erhobenen Armen

angesichts des rhetorischen Gefasels, mit dem Lachaume ihn in redseliger Überdrehtheit und unerträglich spaßigem Tonfall überschüttete.

»Ich schlage Kopfbedeckungen in Form eines Farnwedels vor, dazu Jacken mit Streifenmuster, damit wir …«

»Es reicht, aufhören!«

»Warum?«, entgegnete Lachaume in einem plötzlichen Wutanfall. »Findest du die Uniform etwa toll?«

»Ist doch scheißegal«, meinte Valette. »Red von was anderem.«

»Ach so, scheißegal? Du hoffst wohl, bald rauszukommen aus der Uniform?«

Da Valette eine Handbewegung machte, als wollte er sagen, dass das lang ersehnte Ende der Militärzeit vielleicht tatsächlich bald da sei, starrte Lachaume ihn mit seltsamem Gesichtsausdruck an und bewegte langsam verneinend den Finger.

»Nein, mein Lieber«, sagte er, »da mach dir besser keine Hoffnung. Du bist als Soldat geboren und wirst es dein Leben lang bleiben. Genau wie ich. Wie Lasteyrie. Wie unsere ganze Generation. Wir haben uns Illusionen gemacht über unsere Zukunft, sogar einen Beruf haben wir gewählt, jahrelang studiert oder gelernt, während unser Schicksal längst besiegelt war und wir reif für dreißig Jahre Krieg waren …«

»Du spinnst wohl!«

»Nein, mein Lieber, dreißig Jahre Krieg, wenn wir Glück haben, fünfundzwanzig – genau das erwartet die Jungs unserer Generation. Warum sollte es aufhören? Zuerst erobern wir Marokko und Tunesien zurück. Danach wandert der Krieg runter nach Mauretanien und in den Sudan. Woraufhin der Niger zu den Waffen greift, genau wie der Tschad, Ubangi-Schari und all die andern … Da hocken wir dann mitten in Afrika, als *Friedensstifter* im Urwald. Im Rücken die Araber und vor uns die Zulus. Und just in dem Moment wird der Residierende Minister da unten merken, dass die Zulus ja gar nicht so sind wie die Zulus in den Pieds-Nickelés-Comics, die er als Kind immer gelesen hat. Die müssen also ebenfalls *befriedet werden* … Glaub mir, Valette, es gibt keinen Grund, warum es aufhören sollte. Bei zweitausend Gefallenen pro Monat haben wir in fünfundzwanzig Jahren Krieg in Afrika nicht mal ein Drittel der Verluste erreicht, die wir in den vier kurzen Jahren 14–18 erlitten haben. Das können wir uns doch wohl leisten! Genau genommen ist es der letzte Luxus, den Frankreich sich leistet: fünfundzwanzig Jahre Kolonialkrieg, die Rückeroberung Afrikas. Angesichts der nationalen Größe werden wir wieder ruhig schlafen können. Ein Platz in der Weltgeschichte ist uns damit ganz gewiss sicher. Die Rückeroberung Afrikas, was für ein Kapitel! Aber wer genau wird Afrika zurückerobern? Na wir, Kumpel. Unsere Generation … Mit ein bisschen Glück tauchen wir in einem Vierteljahrhundert wieder aus dem Urwald auf, irgendwo in der Nähe von Zanzibar …«

»Wo liegt das denn?«, fragte Valette.

»Ganz hinten.«

Schweigend verließen sie das Zimmer. Unten im Hotel beugte sich Lachaume über den Tresen zu dem schwarzen Concierge.

»Woher stammen Sie?«, fragte er ihn.

»Aus Douala, Monsieur. Kennen Sie Douala?«

»Ich fahr hin.«

»Bald?«, fragte der Schwarze lebhaft.

»In zehn Jahren«, sagte Lachaume.

»Hahaha! Monsieur machen Scherze«, sagte der Schwarze höflich.

# KAPITEL 10

Die letzten Stunden waren leicht.

Anfangs hatten Lachaume und Valette in den umliegenden Hotels nach Lasteyrie gesucht. Valette erinnerte sich, dass Lasteyrie, nachdem er es abgelehnt hatte, mit ihnen ein Zimmer zu teilen, seine Sachen in den Koffer gestopft und sich auf die Suche nach einem eigenen Bett gemacht hatte. Aber er war nirgends gesehen worden. Lachaume hatte auf Verdacht bei Lena vorbeigeschaut.

»Leise«, flüsterte Lasteyrie, als er die Tür öffnete, »sie schläft noch …«

Seine Wangen waren voller Schaum, da er sich gerade rasierte. Auch er hatte die Uniform schon übergezogen.

»Du hier …«, begann Lachaume, verärgert, ihn hier anzutreffen.

Aber Lasteyries Blick ließ ihn verstummen. Zum ersten Mal lag darin pure Verzweiflung, was durch die ungewohnte Starrheit seiner Augen, die größer und weiter geworden zu sein schienen, noch verstärkt wurde.

»Wartet auf mich, Kumpels!«, sagte er leise. »Muss mich nur kurz zurechtmachen … Ein Abgang in Schönheit, nur das zählt«, ergänzte er.

Inzwischen war Lena aufgewacht.

»Laaachaume, Bruderherz«, rief sie mit unterdrücktem Lachen vom Bett aus, im Halbdunkel der zugezogenen Vorhänge. Sie streckte die Arme nach ihm aus.

Lachaume hatte sich hinreißen lassen. Zumindest hatte

er sich, nachdem er eine Weile mit mürrischem Gesichtsausdruck hin und her gewandert war, in dieser geistigen Verfassung schließlich aufs Bett gesetzt und Lenas warme Hand genommen. Im Zimmer roch es leicht harzig, ein Duft, der aus dem Badezimmer nebenan kam, wo Lasteyrie in grünem Wasser gebadet hatte, grün aufgrund jenes Pulvers, das die Deutschen für ihr Leben gern ins Badewasser geben und das an den Schwarzwald erinnert, an Wind, der über Körper streicht, und Tannennadeln, die leise unter zärtlichen Umarmungen knistern.

Lena streichelte sanft seinen Handrücken.

Tja!, sagte er sich, darauf kommt's jetzt wohl auch nicht mehr an ... Er hatte den Gedanken mehr gesummt als gedacht.

Von diesem Augenblick an hatte der Klang, die Musik der Wörter ihre Bedeutung in den Hintergrund gedrängt. Jedes Wort, ob gesprochen oder gedacht, hörte Lachaume von nun an als wehmütige Melodie, als würde ein anderer sie mit geschlossenem Mund hinter einer Wand summen. Zwischen den Wörtern und ihm hatte sich bereits der Abstand der Erinnerung aufgetan. Anders ausgedrückt, er hatte Paris bereits verlassen.

In einer Ecke des Zimmers lag Lasteyries einst prächtiger Anzug. Aber der zerknitterte Haufen Stoff hatte nichts mehr mit der hektischen Erregtheit eines Mannes beim Anblick einer Frau zu tun; inzwischen war alles Schlüpfrige daraus verschwunden. Es lagen nur noch ein paar blaue Überreste da, die an die anderen, khakifarbenen vom Vorabend erinnerten. Der Kreis hatte sich geschlossen. Sinnlos, dagegen anzukämpfen. Aber Lasteyrie kämpfte ohnehin nicht mehr.

Er wollte sogar, dass Lena ein Foto von ihnen dreien

machte. »Glaubt mir«, sagte er, »es lohnt sich, drei Blödmänner wie wir …« Sie hatten das Hotel am frühen Nachmittag mitsamt ihren Koffern und Brotbeuteln verlassen. Mit ihrem Fotoapparat um den Hals sah Lena aus wie eine Touristin. Brav lief sie hinter ihnen her.

Am Pont Saint-Michel hatte Paris sie ganz und gar erobert. Sie liefen am linken Ufer der Seine entlang, in Richtung Pont-Neuf. Der Himmel war grau, die kahlen Bäume des Parks Vert-Galant auf der Île de la Cité dürr, das Wasser der Seine brackig und trübe – trotzdem traf sie die Schönheit mitten ins Herz, denn sie hat mit dem Raum zu tun, der sich unvermittelt auftut, mit der Größe der Häuser, der Quais und des Flusses und mit der Menge an Luft zwischen den beiden Ufern. An dieser Stelle offenbart Paris das extreme Ausmaß dessen, was das menschliche Auge mit einem einzigen Blick zu erfassen imstande ist, ohne dass es umherwandern muss. Das Ganze ist so wohldosiert, dass jeder, der wirklich hinsieht, fast trunken davon wird. Doch es sind nur ungefähr hundert Meter, die einem zur Verfügung stehen, um mit den Augen all diese Schönheit aufzusaugen, die wie hochprozentiger Alkohol in der Brust brennt. Entweder runter damit oder gar nicht erst hinsehen.

Schweren Herzens gelangten sie zum Pont-Royal und wurden neidisch auf einen Baum, den sie am Rand des gegenüberliegenden Ufers bemerkten. Es war eine große Platane, für deren Wurzeln es zu eng geworden war. Das Städtische Tiefbauamt hatte daher die Uferkante des Quais aufgebrochen und ihn durch eine Ausbuchtung zur Seine hin erweitert. In eine Holzverschalung, wie sie für den Bau von Brücken verwendet wird, hatte man eine große Menge Erde hineingeschüttet. Das Unternehmen war so gut wie vollendet; liebevoll harkten ein paar Arbeiter in Gummistiefeln die frische Erde unter der Platane, deren Äste sich mit königlicher Anmut reckten und streckten.

»Verrückt!«, meinte Lasteyrie.

Einer neben dem anderen hatten sie sich aufs Geländer gestützt, ein Gefühl von Ungerechtigkeit beschlich sie.

»Ist doch logisch«, sagte Lasteyrie schließlich. »So ein Baum ist schwerer zu ersetzen als ein Soldat.«

»Außerdem kostet er viel mehr«, sagte Valette. »Denk bloß mal an die ganze Arbeit, die in den reingesteckt wurde!«

»Alles hier kostet mehr als ein Soldat«, sagte Lasteyrie. »Die Laterne da drüben kostet mehr als wir drei zusammen.«

»Nicht ganz«, meinte Lachaume. »Ein in Algerien stationierter Soldat soll hunderttausend Francs im Monat kosten.«

»Warte mal«, sagte Valette. »Da käme man bei uns dreien ja schon auf vier Millionen Francs …«

»Ihr habt nicht den blassesten Dunst vom Geschäftemachen«, meinte Lasteyrie in müdem Ton. »Hunderttausend ist nicht das, was er kostet, sondern der Umsatz, den sie auf unserem Rücken einfahren. Jetzt müsste man nur noch rauskriegen, wie viel Gewinn pro Soldat rausspringt. Ein Schneider in einem kleinen Betrieb macht 20 Prozent. In der Getränkebranche steigt er auf 40 Prozent. Aber was man an einem Soldaten verdient, erfährt nie einer. Das ist das wahre Geheimnis der Landesverteidigung.«

»Wenn deine Rechnung stimmt«, sagte Valette, »sind wir ernst zu nehmende Kunden. Sie sollten sich um uns genauso kümmern wie um die Bäume.«

»Aber in diesem Geschäft gibt's genug Kunden«, sagte Lasteyrie.

Sie waren weitergegangen, entlang der Seine, in Richtung Concorde. Neben ihnen tauchten die Autos in einen unterirdischen Tunnel ab, während der Gehweg seinerseits anstieg. Zum ersten Mal merkte Lachaume, dass die Quais von Saint-Michel bis zur Place de la Concorde hügelig sind. Er hatte gelernt, das Gelände zu erspüren, Paris war lebendig unter seinen Füßen.

Der Wind trieb in Böen schwarze Staubwolken und Laub vor ihnen her. Über der Seine wehten zwei große rosafarbene – aber herzzerreißend rosafarbene – Bettlaken an einer Wäscheleine auf einem dickbäuchigen, schwarz lackierten Lastkahn, der neben dem Pont du Carroussel vertäut war und *Maria-César* hieß, Inhaber K. Van Canteire, Antwerpen.

Sie lasen es sich abwechselnd laut vor, als wollten sie es auswendig lernen. Als könnte eines Tages ihr Leben davon abhängen, ob sie die *Maria-César* im Labyrinth der Kanäle von Anvers wiederfänden.

»Wie wäre es mit einem Foto von euch dreien vor dem Kahn?«, fragte Lena.

»Wie soll das denn aussehen?«, meinte Lasteyrie düster.

»Ach, Robert, findest du die rosa Bettlaken nicht sagenhaft schön?«, rief sie aus und zeigte mit dem Finger darauf. »Und du, Laaachaume, findest du die etwa nicht hübsch?«

Die Fußgänger drehten sich um und warfen ihr wegen ihres Akzents böse oder ironische Blicke zu.

»Es liegt an uns«, sagte Lasteyrie und nahm ihren Arm, »*wir* sind nicht hübsch.«

»Ich mache dich darauf aufmerksam, dass dir laut Vorschrift untersagt ist, eine Frau am Arm zu führen«, sagte Lachaume nach ein paar Schritten in einem Ton, der scherzhaft klingen sollte.

Lasteyrie guckte eigenartig, rückte aber demonstrativ von Lena ab, als wollte er Lachaume beschämen, dafür, dass er ihn verärgert hatte.

Am Quai Anatole France wurden die Platanen zahlreicher und bildeten ein dunkles, zitterndes Gewölbe: Die trockenen Bucheckern hingen noch in den Zweigen und wurden vom Wind wie Tausende schwarze Schellen hin und her bewegt. Dann tauchte vor ihnen die Abgeordnetenkammer auf, mit ihrem auf eine Mauer zulaufenden Säulengang und dem einen Bajonett, das sie beschützt, oben auf dem Gewehr des einsamen Wachtpostens, der ruhig in seinem kleinen erhöhten Garten herumspaziert.

Darüber verloren sie kein Wort, und Lena schlug auch nicht vor, sie vor diesem Hintergrund zu fotografieren.

In drei schmalen Spuren fuhren die Autos über die Bremsschwellen auf dem Pont de la Concorde und ergossen sich in das Chaos auf dem Platz, wo der fahle Widerschein der Karosserien vor dem grauen Hintergrund des Steins vage an die Langeweile denken ließ, die Leere dieses Lebens. Kaum zu glauben, dass jedes dieser Autos an einen anderen Ort fuhr. Vergeblich begann Lachaume ins Innere der Wagen zu schauen, die Passanten zu beobachten und ihren Blick zu suchen. Die allgemeine Gleichgültigkeit war mehr als offensichtlich. Schlimmer noch. Oft brauchte er eine junge Frau nur anzublicken, und schon wich sie ihm aus. Drei herumlungernde Soldaten – da ist man natürlich immer auf eine plumpe Anmache gefasst. Paris liebt Soldaten nur von Weitem, wenn sie brav hinter weißen Absperrungen vorbeimarschieren. Kaum kommen sie näher, sieht es voller Geringschätzung über sie hinweg. Keine andere Stadt ist so chauvinistisch und hurrapatriotisch und zugleich so kultiviert, feinfühlig und auf selbstsüchtige Weise geschmackvoll. Das ach so elegante Paris schämt sich für seine schlecht gekleideten Soldaten, verschleißt sie aber permanent – ganze Jahrgänge gehen dabei drauf. Tag und Nacht besudelt es sich mit ihrem Blut, wie eine Kokotte Rouge aufträgt. Daran dachte Lachaume, als sie über den Pont de la Concorde liefen, unter sich die Seine.

Lasteyrie, der hinter ihnen hertrödelte, drehte sich fortwährend um, als würde er die Ufer der Seine nie mehr wiedersehen. Valette lief vorneweg, zusammen mit Lena, die sie vor dem Obelisken fotografieren wollte. Sie bestand darauf.

»Welch feinsinnige Anspielung«, meinte Lachaume und lachte finster.

Doch seine Worte gingen in der Flut der Autos unter, die in immer neuen Wellen über den grauen Asphalt gerast kamen. Plötzlich wusste er, dass er niemals das Geräusch der Motoren vergessen würde, die vor der leicht ansteigenden Brücke beschleunigten, dieses Geräusch, das die klangliche Entsprechung zur Pariser Gleichgültigkeit war.

Aus welchem Grund liefen sie die Champs-Élysées hinauf? Warum gehorchten sie Lasteyrie zehn volle Stunden lang, sobald er mit dem Finger auf diese oder jene Straße zeigte und »Da lang!« sagte, warum machten sie mit bei all den Verrücktheiten, die er noch von ihnen verlangen würde? Lachaume und Valette sollten den Grund dafür erst später verstehen, wenn sie Lasteyrie in Gedanken noch einmal vor sich sehen würden, an diesem letzten Tag. Launisch und überdreht war er gewesen, fuhr beim geringsten Wort aus der Haut, zuckte grinsend mit den Schultern und hängte sich im nächsten Moment innig, ja übertrieben innig an Lachaumes Schulter, zerstrubbelte Valette das Haar und schlurfte im Zickzack von einem zum anderen, Lasteyrie, der früher so viel Schneid hatte und wie ein Gockel herumstolziert war. Nur Lena ahnte vielleicht die Gedanken, die an ihm nagten und ihn innerlich aufrieben.

Die Größenverhältnisse zwischen den Häusern und ihrer

Umgebung sind auch auf den Champs-Élysées stimmig und schön. Von der Place de la Concorde aus gesehen, geht das Gefälle der Avenue mit dem Himmel eine sinnliche Beziehung ein. Der riesige Arc de Triomphe wirkt federleicht. Die vornehmen Viertel drum herum verleihen ihm die Luftigkeit eines Ballschmucks, den sie mit gespielter Feierlichkeit oder spöttischem Gesichtsausdruck tragen, je nachdem, ob man frontal, also über die Champs-Élysées, auf die Place de l'Étoile zuläuft oder seitlich über eine der benachbarten Avenuen. Doch allzu viele Hintergedanken verderben den Blick.

Dass Paris sich an den Quais aufspielt, dass es den Ton hebt, ist verständlich: Schließlich fließt dort ein Fluss. Die Seine selbst rechtfertigt den gewaltigen Abstand zwischen den Quais. Was aber rechtfertigt die Überheblichkeit und den Schwulst der Champs-Élysées? Welchen Zweck hat die enorme Länge dieser Straße?

Alles hier hat mit den Autos zu tun, dachte Lachaume. Genau darauf bezog sich der Spruch, ganz Frankreich »starre wie gebannt auf die Champs-Élysées« (eine Formulierung, die er in Arras gehört hatte). Vielleicht hätte sein Lächeln in diesem Augenblick jemanden rühren können, aber niemand achtet auf die Gesichtszüge eines Soldaten, es sei denn, ihm wurde gerade die Fresse poliert. Außerdem hatten die Leute ohnehin bloß Augen für die Autos, die die heftigsten und widersprüchlichsten Gefühle hervorriefen. Es genügte eine fette amerikanische Limousine, die ihren Hintern wie ein Rad schlagender Pfau reckte, oder ein flacher Jaguar, der die Straße heruntergesprungen kam, und schon ließen sich auf den Gesichtern alle möglichen Emotionen ablesen, Hass, Verachtung, Heiterkeit, Fremdenfeindlichkeit genauso wie Bewunderung, Erstaunen, Traurigkeit, Träumerei oder

Hoffnung. All diese Gefühle wurden nochmals verstärkt, wenn das Auto zum Parken auf den Gehweg fuhr und dabei die Fußgänger beiseiteschob, wo zuweilen selbst ehrenwerte Herren entrüstet mit ihrem Stock im Vorbeigehen auf den Wagen hauten. Dann bildeten sich Menschentrauben. Leute, die ihre Meinung normalerweise nie öffentlich äußern, schrien sich an, während Jugendliche in Lederjacken und mit James-Dean-Frisur traurig grinsten und sich schließlich zwischen den Leuten hindurchschlängelten, zwischen denen, die die Autos auf der Straße anschauten, und denen, die sie sich in den Geschäften ansahen, denen, die mit dem Schlüsselbund in der Hand ausstiegen, und denen, die gerade einstiegen und sich mit zufriedenem Gesichtsausdruck zurechtrückten, damit die Hose beim Fahren nicht zwickte. Und dann waren da noch die, die darauf lauerten, dass eine Frau aus einem Auto stieg, um einen Blick auf ihre Beine zu erhaschen. Wieder andere schließlich hielten ihre Kinder an der Hand und brachten ihnen die Namen der verschiedenen Automarken bei.

»Kurz und gut«, sagte Lachaume, »die einzige Frage, die es zu klären gilt, ist die: Welches Auto kaufen wir, wenn wir wieder zurück sind?«

»Ja«, bestätigte Lasteyrie. »Simca Aronde oder Renault Dauphine. Das ist hier die Frage.«

Sie hatten laut gesprochen. Fußgänger drehten sich um, jemand ließ einen Witz los … den man besser schnell vergaß.

Mit bleichen Gesichtern verließen die drei Soldaten, gefolgt von Lena, die Champs-Élysée über eine Querstraße, die sie ohne Umweg über die Place de l'Étoile direkt in die Avenue Wagram führte.

»Die Pariser sind schon ein komisches Völkchen!«, meinte Lasteyrie schließlich. »So was von komisch, ihr macht euch keine Vorstellung!«

Seine Stimme versagte.

Sie landeten in einer Brasserie an der Place des Ternes. Von allen Seiten warfen Spiegel ihr Bild zurück. Sie senkten die Köpfe, tranken und spielten abwechselnd an einem Flipperautomaten, der zufällig dort stand. Mit einem Glöckchengeklingel erschienen die Ziffern über stürmischen blauen Wellen, auf denen junge, windgepeitschte Frauen in rosafarbenen Badeanzügen Wasserski fuhren. Jedes Mal, wenn eine Kugel in ein Loch in der Mitte fiel, über dem *Central Park* stand, zuckte ein leuchtender Vogel in den Wellen auf, während die Ziffern, mit einem dumpfen Schlag, nicht mehr nur auf den Wellen, sondern auch im Himmel um das Hunderttausendfache stiegen. Wenn man den *Central Park* durchlaufen hatte, gab es zwei Möglichkeiten: Man konnte acht *plots* aufleuchten lassen, das hieß, man spielte die Vögel, die sich nach und nach in den Wellentälern vervielfachten, oder man landete *Treffer,* indem man am Automaten rüttelte, bis irgendwann die Zahl 4 725 000 im Himmel erschien. Eigentlich gab es noch eine dritte Spielmöglichkeit, bei der Punkte und Vögel kombiniert wurden, aber die hatte nur Lasteyrie verstanden.

»Du bist dran«, sagte er und gab Lena eine Münze (sie war nach ihm dran, denn jeder spielte für sich). Wortlos nahm Lena ihren Platz ein, den Finger seitlich am Automaten auf dem Flipperknopf. Während sie die ersten Kugeln abfeuerte, tranken die anderen was am Tresen. Dann kamen sie zum Automaten zurück, um bei den letzten Kugeln zuzuschauen. Lasteyrie war praktisch der Einzige, der redete. Er sagte:

»Sachte, wenn du die drei erwischen willst …«

Aber Lena verlor, das heißt, sie schaffte nicht genug Vögel in den Wellentälern und auch keine 4 725 000 im Himmel.

»Man muss die Automaten ein Weilchen anfüttern, bis man irgendwann gewinnt«, sagte Lasteyrie.

Er gab Valette ein Zeichen, dass er an der Reihe sei. Er begann zu spielen, und die anderen gingen was trinken.

»3 450 000 mit drei Kugeln«, sagte Lasteyrie, als er wieder neben dem Automaten stand. »Mehr als 1 275 000.«

Doch die beiden letzten Kugeln verschwanden geradewegs im *Way out*.

»Immerhin, ich hab 3 625 000«, meinte Valette.

»Die Vögel sind einfacher«, bemerkte Lachaume und stellte sich an den Automaten. Aber er schaffte nur sieben von acht. Lasteyrie löste ihn ab. Es fehlten ihm nur noch 150 000 zu einem Gewinn. Er gab Lena eine Münze.

»Bin ich dran?«, fragte sie.

»Du bist dran«, sagte er und zeigte auf den Automaten. Sofort ging sie hin.

»Warum bist du immer mit allem einverstanden?«, ereiferte sich Lachaume plötzlich. »Warum immer mit allem einverstanden sein?«

»Spiel«, sagte Lasteyrie.

Lena steckte die Münze in den Schlitz. Mit dumpfem Geräusch fielen hinten im Automaten die Kugeln runter, und das blaue Meer leuchtete auf.

»Genau!«, sagte Lachaume. »Mach immer schön, was man dir sagt! *Jawohl!*«

Lena fing an zu spielen.

»Wir verplempern hier wie die Hornochsen unsere Zeit«, schrie Lachaume. »Wir werden noch bekloppt an diesem Automaten, und du sagst nichts! Nie regst du dich auf! Lena, komm und spiel: *Jawohl!* Lena, komm und trink was:

*Jawohl!* Lena, tu dies, tu das: immer bloß *Jawohl.* Du findest alles okay, du gehorchst aufs Wort, man braucht dich bloß ranzupfeifen, und schon kommst du an … Ich hab sie so was von satt, diese beschissene deutsche Passivität. Ja, ich sage: beschissen deutsch! Das ist nämlich eure schlechte Seite. Gehorchen, Ja sagen … Du hast gesehen, wohin das führt, reden wir lieber nicht drüber … Aber wohin hat *dich* das gebracht, Lena? Du säufst wie ein Fremdenlegionär, du traust dich nicht mehr, deiner Mutter in die Augen zu schauen, versteckst dich in Hotels, hängst rum mit … ja, mit wem?«

»Mit … wem?«, wiederholte er zwischen zwei Schluckaufanfällen. »Mit uns! Ist dir das eigentlich klar, Lena? Du hängst mit drei erbärmlichen Typen wie uns in irgendwelchen Kneipen rum …«

Mit tränenverschleiertem Blick schlug er sich voller Entrüstung auf die Brust, entweder wollte er seinen Worten Nachdruck verleihen oder seinen Schluckauf vertreiben, vermutlich beides.

»Genau dahin führt es!«

Lena feuerte eine neue Kugel ab.

»Stopp!«, brüllte er und trat gegen den Automaten, der fröhlich klingelte, während das Wort *Tilt* am Himmel erschien.

»Wirklich schlau«, meinte Lasteyrie. »Sie hatte zwei Millionen mit zwei Kugeln.«

»Zwei Millionen was?«, schrie Lachaume wutentbrannt.

»Du verstehst nichts davon«, sagte Lena. »Das sind Dollar. Wegen dir hab ich zwei Millionen Dollar verloren.«

Mit ihren blauen, verwaschenen Augen sah sie ihn kopfschüttelnd an und runzelte mit unendlicher Zärtlichkeit die Stirn. Du Schlauberger, schien sie zu sagen, da haben wir ja eine schöne Bescherung.

Lachaume winkte resigniert ab.

»Wirklich schlau«, wiederholte Lasteyrie. »Mit zwei Millionen Dollar könnte man das gesamte Regiment auf Vordermann bringen.«

Als sie die Brasserie verließen, dämmerte es bereits. Von der Place des Ternes aus, die etwas tiefer liegt, sah man den oberen Teil des Arc de Triomphe, der bereits von Scheinwerfern angestrahlt wurde, von denen Paris wie eine alternde Schönheit übermäßig Gebrauch macht, während die Avenue Wagram noch in unentschiedenem Halbdunkel lag. Die Lichter der langsam vorüberfahrenden Autos auf der dunklen Straße und die schwarzen Umrisse der Passanten vor den erleuchteten Schaufenstern machen aus der Pariser Nacht zu dieser Stunde ein faszinierendes Vorspiel, ganz wie auf dem Theater, wenn die Kronleuchter im Saal schon erloschen sind, sich der Vorhang aber noch nicht gehoben hat.

Schweigend liefen sie den Boulevard de Courcelles entlang, in Richtung Rue de Constantinople, wo Lachaume bei seiner Tante Évelyne zu Abend essen würde. Zu ihrer Rechten erstreckte sich finster und feucht der Parc Monceau, dessen Wächter langsam die Tore schlossen, während sie in der Dunkelheit Scherze machten. Ihre routinierten Handbewegungen, das Klappern der Ketten stimmte traurig. »Wann öffnen die Parks morgens? Um sechs, um sieben … Morgen wird derselbe einarmige Wächter, die Kippe im Mundwinkel, gemächlich die verrosteten Ketten abnehmen. Aber wir werden morgen früh nicht mehr da sein!« Jeder von ihnen empfand auf eigene Weise diese Ungerechtigkeit … Sogar die gleichgültige Art der Wächter, die die Tore abschlossen, wurde zu einer Zumutung.

»Als die Herzogin Sanseverina aus Parma wegfuhr …«, begann Lachaume und stützte sich auf Lasteyries Schulter.

»Als sie die Stadt verließ, in der alle böse zu ihr gewesen waren …«

Lachaume machte unsichere Schritte und zog Lasteyrie in seinem leicht torkelnden Gang mit. Die Verzweiflung stieg ihm genau wie der Alkohol zu Kopf.

»Als die Sanseverina Parma verließ«, wiederholte er mit erhobenem Zeigefinger, »gab sie Befehl, eine Zisterne zu öffnen, die sich in ihrem Garten befand … Und die Bewohner von Parma, die so böse zu ihr gewesen waren, erwachten am nächsten Morgen mit nassem Hintern …«

Niemand fragte, wer diese Sanseverina sei.

»Mit nassem Hintern«, sagte Valette. »Gut gemacht!«

»Und wir?«, fragte Lachaume und blieb abrupt stehen. »Was machen wir, hm?«

Er blickte in die Runde und schlug mit der Faust gegen das Parktor.

»Irgendwas Großes, Aufsehenerregendes! Irgendwas … Wuchtiges, an dem sie nicht vorbeikönnen … das sie alle aufscheucht …«

Er sah die Fußgänger an, als nähme er es ihnen übel, dass sie zwei Beine hatten und diese auch benutzten; er hätte sie liebend gern straucheln gesehen.

»Jetzt komm schon, Lasteyrie, wir können doch nicht klammheimlich wegfahren!« Er ließ nicht locker. »Sie müssen es zumindest mitkriegen …«

»Wir sind keine Herzoginnen«, meinte Lasteyrie.

»Wir sind zu dritt, das ist schon viel. Zu viert sogar …«

»Ich bin bloß eine arme Ausländerin«, sagte Lena. »Nicht mal eine mit besonderer Aufenthaltsgenehmigung …«

Sie waren weitergegangen.

»Und ich dachte, wir wären Freunde!«, sagte Lachaume. »Gebt zu: Es ist ziemlich hart, wenn die Freunde einen im letzten Augenblick hängen lassen. Aber das macht nichts! Dann mach ich eben alles allein … ich mach's!«

Sie gelangten zur Kreuzung Villiers, wo der Boulevard de Courcelles in den Boulevard des Batignolles mündet. Sofort ändert das Viertel seinen Charakter. Das Strahlen Clichys, dessen buntes Neon am Ende des Boulevard des Batignolles flimmert, tritt an die Stelle der letzten Lichter vom Étoile-Viertel, die Huren werden billiger, die Kneipen ebenfalls und die Läden im Erdgeschoss der Häuser zahlreicher, wo jetzt nach und nach die Lichter in den Fenstern angingen, während sie auf der anderen Seite der Kreuzung in den Firmenbüros hinter den strengen Fassaden erloschen.

Tante Évelyne wohnte an der Grenze zwischen den beiden Welten, gleich vorn in der Rue de Constantinople, in einem Haus, das einem Marmorschild zufolge Eigentum der Versicherungsgesellschaft *l'Abeille du Nord* war. Die Wohnung ging über das ganze erste Stockwerk. Vom gegenüberliegenden Gehweg aus erkannte Lachaume durch die Tüllvorhänge das Wohnzimmer mit den Doppelfenstern und das angrenzende Esszimmer. Es musste wirklich etwas Außergewöhnliches im Gange sein, wenn Mariette, das Dienstmädchen, vergessen hatte, die Fensterläden zu schließen, wie sie es sonst am Abend immer tat. Dem Schatten nach zu urteilen, schienen im Übrigen eine oder mehrere Personen im Wohnzimmer beständig hin und her zu gehen – solch ein Treiben bei Tante Évelyne war verwunderlich. All das hatte Lachaume mit raschem Blick registriert.

Jemand näherte sich einem der Fenster.

»Das ist sie«, sagte er leise, als könnte sie ihn trotz der Fensterscheibe, der Vorhänge und des unablässigen Verkehrslärms hören.

Lasteyrie, Valette und Lena erkannten undeutlich eine

kleine Frau, die gedrungen und gebückt schien und mit einem Nicken in ihre Richtung sah (es sei denn, der Tüllvorhang hatte sich von allein bewegt). Unwillkürlich hob Lachaume den Arm, um sein Gesicht zu verbergen; eilig ging er ein paar Schritte weg und stellte sich an die dunkle Hauswand.

Die anderen blieben weiter unter der Laterne stehen und äugten hinüber zu Tante Évelyne an ihrem Fenster. Lachaume beschimpfte sie von Weitem.

»Sie wird uns schon nicht auffressen«, meinte Lasteyrie.

»Ihr kennt sie nicht! Kommt her! Kommt her!«, wiederholte er in unerklärlicher Aufregung.

In diesem Augenblick hätte ihn nichts in der Welt dazu bringen können, zu Tante Évelyne zu gehen; das Ganze glich einem heftigen Anfall von Schüchternheit.

»Es ist noch zu früh«, sagte er. »Ich komme nachher zurück.«

»Wir könnten unsere Koffer bei der Concierge lassen«, meinte Lasteyrie.

»Auf keinen Fall!«

Ein Schrei, der ihm regelrecht entfuhr. Die Concierge kannte ihn schon, seit er ein kleiner Junge war. Sie war eine Frau aus Arras, die Tante Évelyne mitgebracht hatte und die ihr auf Kosten der Versicherungsgesellschaft als Aushilfe diente. Aber Lasteyrie ließ nicht locker. Schluss mit den Kindereien! Zumal die arme Frau vermutlich längst tot war, sagte er sich und überquerte die Straße. Sein letzter Besuch bei Tante Évelyne vor mehr als einem Jahr schien ihm wie in einer anderen Zeit versunken.

Madame Coquel (der Name fiel ihm beim ersten Blick ein, als stünde er auf der teilnahmsvollen Stirn von Madame Coquel) ging es ausgezeichnet, vielen Dank.

Die Ärmel ihrer Kittelschürze waren aufgekrempelt, ihre Unterarme weiß, da von Mehl bestäubt.

»Monsieur Georges! Wie nett von Ihnen, dass Sie der alten Coqué einen Besuch abstatten, Monsieur Georges – Co-qué, wissen Sie noch, Monsieur Georges, so haben Sie mich früher immer genannt, als Sie klein waren … Ach! Wie lang ist das her … Damals weilten mein armer Mann und Ihr armer Papa noch unter uns. Aber vielleicht ist es besser so, dass sie von uns gegangen sind und das alles nicht mit ansehen müssen … Ihre arme Frau Mutter macht sich solche Sorgen! Ihre Tante hat sie weggeschickt, ausruhen soll sie sich, richtiggehend befohlen hat sie's ihr. Sie lief sinnlos in der Küche herum, störte nur überall, mit Verlaub, die arme Frau … Mariette ist an die Decke gegangen, Sie kennen sie ja … Gerade haben sie den Vogel in die Röhre geschoben. Ihre arme Frau Mutter hat ihn von Arras bis hierher geschleppt, noch nie hab ich so einen großen und fleischigen gesehen. Zum Glück hat Monsieur Paul gerade angerufen und Bescheid gesagt, dass er zum Essen kommt …«

»Paul Thévenin?«

»Ja, wer denn sonst! Ihr Cousin Paul ist nicht da, das wissen Sie doch … aber Monsieur Jacques kommt, mit seiner Frau Gemahlin, ein reizendes Geschöpf, Sie kennen sie noch nicht, und Madame Noble kommt ebenfalls. Die wollen Sie alle sehen. Ein Empfang Ihnen zu Ehren …«

Die Concierge erblickte Lasteyrie, der mit den Koffern und Brotbeuteln im Eingang stehen geblieben war.

»Na, da haben Sie wohl einen … kleinen Helfer«, fuhr sie leise fort, »… wie heißt das? … einen Offiziersburschen! … Alle Achtung! Wenigstens sind Sie aufgestiegen … So soll es sein! Ihre arme Frau Mutter hat bestimmt vergessen, es uns zu erzählen. Ihre Tante wird sich vielleicht freuen!«

Sie ließen den Koffer und ihre Brotbeutel in der Conciergeloge und verschwanden, gefolgt von Valette und Lena, auf dem Boulevard des Batignolles.

Clichy mit seinen verheißungsvollen Lichtern, den Geräuschen und dem bunten Treiben zog sie magisch an. Sie brauchten jetzt jene falsche Gleichgültigkeit, zu der einem eine anständige Mischung aus billigem Fusel, herb und hochprozentig, und grellem Neonlicht verhilft. Sie brauchten das lächerliche Spektakel der Huren, das traurige und bleiche Gesicht von Musikern in Seidenhemden, die Geringschätzung der auvergnatischen Kellner, die ihre Prinzipien hatten. Kurzum, sie brauchten ein ganz bestimmtes Bild vom Leben, erbärmlich und ausweglos, das ihnen helfen würde, ihren eigenen Lebensekel zu überwinden. Lasteyrie lief vorneweg, fast rannte er, wobei er ihnen mit kleinen Handzeichen befahl, sie sollten »ein bisschen hinmachen«. Doch auf halbem Weg blieb Valette plötzlich stehen.

Er dachte an seine Familie, die mit dem Abschiedsessen auf ihn wartete.

»Ich muss nach Hause«, sagte er. »Bringt mich zum Bahnhof Saint-Lazare.«

»Na schön«, meinte Lasteyrie.

Er machte kehrt und kam, den Kopf gesenkt, in beschwingtem, federndem Gang zurück, dass es kaum zu ertragen war. Lachaume lehnte sich gleichzeitig gegen Valettes fordernde Art und Lasteyries Passivität auf. Er konnte es einfach nicht ertragen, dass er passiv war, so wie man sich gegen das Schweigen eines verwundeten Freundes neben sich wehrt. Um ihm irgendeine wütende Reaktion, ein paar heftig Worte zu entlocken, ging er ihn an.

»Was soll's?«, meinte Lasteyrie, »Wenn er nach Hause muss …«

»Außerdem – mein ganzer Kram«, ergänzte Valette. »Ich muss meine Sachen holen.«

»Da habt ihr's«, sagte Lasteyrie.

Sie liefen in Richtung Saint-Lazare über die Rue de Rome, die über die Eisenbahnschienen hinwegführt, welche in dieser Gegend in einer breiten, düsteren Schneise bis ins Innere von Paris vordringen. Dabei kommt man zur Place de l'Europe, wo sich sieben Straßen fast über dem Abgrund kreuzen. Fünfzig Meter tiefer fuhren Züge hin und her, und wenn man das Gesicht an das Gitter drückte, das den Platz umgibt, konnte man die Anzeigen auf der Leuchttafel des Stellwerks sehen, das auf halber Höhe seitlich der Schneise errichtet worden war. Der Wind trug den Geruch von den Gleisen herauf, eine Mischung aus Kohle, Rost und Maschinenöl. Ringsherum flimmerte und lärmte Paris, das sich nicht um die Züge scherte, die in die Dunkelheit davonfuhren und nur eine kleine blau oder grün leuchtende Schlangenlinie zurückließen, die die Weichensteller mit einem Griff zum Schalthebel auslöschten.

»Fabelhaft organisiert«, sagte Lasteyrie. »Die französische Eisenbahn ist die beste der Welt. Immer pünktlich.«

»Wir werden das Schiff nicht verpassen«, sagte Valette.

»Verlass dich drauf.«

Am Ende der Rue de Rome schoben sich bunte Reklameschilder auf der Häuserfassade an der Place de Havre wie ein riesiges Puzzle zusammen und zerfielen wieder. Da waren Störche, die elsässisches Bier tranken, Hasen mit Zylinderhüten, Schokolade essende Fohlen und ein Staubsauger, der stark wie ein Elefant und stumm wie ein Karpfen war.

Mit vorgestrecktem Kinn schlenderten sie langsam dahin.

»Hast du schon mal einen Zylinder getragen?«, fragte Lasteyrie. Lachaume schüttelte den Kopf.

»Ich auch nicht«, meinte Lasteyrie wie bedauernd. »Muss ulkig aussehen.«

Seine Stimme hatte plötzlich einen kindlichen Tonfall, er trödelte vor sich hin.

»Aber du trägst irgendwann bestimmt mal einen«, fuhr er übertrieben ernsthaft fort. »Doch, doch, ich seh dich schon vor mir. Wenn du erst Professor an der Sorbonne bist …«

»Ich werde nie Professor an der Sorbonne sein«, sagte Lachaume. »Davon abgesehen trägt an der Sorbonne kein Mensch einen Zylinder.«

»Dann eben, wenn du an der Académie bist …«

»An der Académie trägt auch keiner Zylinder. Außerdem komme ich da sowieso nie hin!«, fügte Lachaume in einem plötzlichen Anfall von Wut hinzu.

»Doch, doch, das wirst du«, sagte Lasteyrie. »Und du wirst Zylinder tragen, sie werden dir fabelhaft stehen. Ich wär dafür viel zu klein.«

»Der spinnt!«, meinte Lachaume kopfschüttelnd.

Nun hatte Lasteyrie Durst und zog sie in eine Brasserie, gegenüber vom Bahnhof Saint-Lazare.

»Ich will elsässisches Bier«, sagte er. »So eins, wie die Störche haben.«

Die Frau an der Kasse warf ihm einen kurzen Blick zu.

»Und ein bisschen Fohlen-Schokolade«, sagte er zu ihr. »Haben Sie die? Die hab ich noch nie probiert, wissen Sie …«

»Freunde sind was Schönes!«, fuhr er fort, lehnte sich gegen den Tresen und legte Valette und Lena die Arme um die Schultern. »Echte Freunde …«

Es war kurz vor halb acht auf der Leuchtuhr am Bahnhofsgebäude.

»Ich muss jetzt wirklich los«, meinte Lachaume.

»Alles klar«, sagte Lasteyrie. »Und du, Kumpel«, fragte er und drückte Valettes Schulter, »wann geht dein Zug?«

»Um die Uhrzeit fahren sie im Zehnminutentakt«, sagte Valette mit tonloser Stimme.

»Wenn das so ist«, sagte Lachaume, »bringt mich doch alle zusammen zur Wohnung. Danach bringt ihr Valette wieder hierher, damit er seinen Zug nimmt. Auf diese Weise …«

»Was auf diese Weise?«, fragte Lasteyrie und sah ihn eigenartig an.

»Auf diese Weise behalte ich dich noch ein Weilchen im Blick«, sagte Valette.

Schweigend liefen sie also wieder zurück zur Rue de Constantinople. Inzwischen waren bei Tante Évelyne die Fensterläden geschlossen worden. Ein Stück weiter stand Thévenins tiefergelegte Jowett am Straßenrand.

»Wollen wir nicht zusammen reingehen?«, fragte Lachaume.

»Ach, Laaachaume, das können wir nicht!«, protestierte Lena plötzlich, die bis dahin folgsam und still gewesen war. »Man darf keine Fremden zu Familientreffen mitbringen!«

»Es sind nicht nur Verwandte da.«

»Nein, nein!«, wiederholte sie mit Nachdruck. »Das darf man nicht! Die Leute da oben wollen dich in aller Ruhe in die Arme schließen!«

»Sie hat recht«, meinte Lasteyrie. »Gib mir bloß schnell meine Brotbeutel.«

Lachaume holte die beiden Brotbeutel. Blieb noch der Koffer, den Lasteyrie gern dort lassen wollte.

»Bei Tante Évelyne!«, rief Lachaume aus. »Da findest du doch nichts wieder. Du kennst sie nicht!«

»Nein, die Ehre hatte ich nicht«, sagte Lasteyrie. »Aber sie kann meine Habseligkeiten den Armen spenden.«

»Der einzige arme Mensch, der sie tragen wird, ist mein Cousin Paul. Ich seh ihn schon vor mir, wie er sie noch in zehn Jahren an den Füßen hat, deine grauen Schuhe aus was weiß ich welchem Leder …«

»Aus Seehundfell«, sagte Lasteyrie mit erhobenem Zeigefinger. »Die sind schwer in Mode… Wenn du sie später siehst, wirst du an mich denken … Na los! Schönen Abend noch!«

Sie entfernten sich in Richtung des Bahnhofs Saint-Lazare, während Lachaume, den Finger schon auf dem Klingelknopf, ihnen nachblickte. Lasteyrie, der mit den Brotbeuteln im Kreuz in der Mitte lief, torkelte immerfort zwischen Valette und Lena hin und her. Plötzlich streckte er seine Arme aus, wie um ins Gleichgewicht zu kommen, legte seine Hände auf ihre Schultern und senkte den Kopf. Lachaume hatte sie nach ein paar Metern eingeholt.

»Reißen Sie sich zusammen!«, meinte er.

»Ja, Sergeant«, sagte Lasteyrie augenzwinkernd, ließ aber seine Hand weiter auf der Schulter der anderen.

Doch auch am Bahnhof, wo Valette seinen Vorortzug nehmen und Lachaume sich endlich von Lasteyrie und Lena trennen sollte, konnten sie einfach nicht auseinandergehen. Sie einigten sich auf ein letztes Gläschen.

»Wo sollen wir was trinken?«, fragten sie Lasteyrie, der sich leicht vorbeugte und einen nach dem andern mit seinen beweglichen Äuglein sorgenvoll ansah.

»Auf den … Grands Boulevards?«, fragte er schließlich zögernd, als befürchtete er, alles zu verlieren, wenn er sie zu sehr bestürmte.

Aber Lachaume und Valette stimmten sofort zu. Bloß Lena hatte was dagegen.

»Und was ist mit dem Truthahn, den sie extra für dich

gemacht haben«, sagte sie zu Lachaume. »Der wird doch ganz trocken …« Sie drohte ihm mit dem Finger.

Über die Rue de la Chaussée-d'Antin, wo sich die vornehmen Huren beim Anblick ihrer Uniformen abwandten, gelangten sie zum Boulevard des Italiens.

Das Wunder der Grandes Boulevards besteht darin, dass die Unmengen von Licht dort für das menschliche Auge trotzdem angenehm sind. Jahrmarktsbuden, dicht an dicht, machten den Gehweg um die Hälfte schmaler. Der langsame Strom der Passanten ergoss sich zwischen den beleuchteten Fassaden der Kinos, den Schaufenstern der Geschäfte und Brasserien auf der einen Seite und den im Wind schaukelnden elektrischen Lichterketten über den federgeschmückten Schießbuden, dem Glitzerramsch der »Pariser Souvenirs« und dem Süßkram, der das Geheimnis seiner Herstellung aller Welt offenbarte, auf der anderen Seite.

Das Licht umfing sie, sie wurden im Duft gebrannter Mandeln von ihm getragen.

Der Abend begann erst. Einzelne Pärchen oder mehrere Paare zusammen gingen ins Kino. Die meisten von ihnen hatten noch nicht zu Abend gegessen, das sah man. Sie würden hinterher speisen, nach dem Film, der ein gutes Gesprächsthema liefern würde. Lachaume hatte solche geselligen Abendessen mit Freunden immer geliebt, wenn der Magen vor Hunger knurrt und die Gedanken noch um den Film kreisen, den man gerade gesehen hat. Die leidenschaftlichen Gespräche drehten sich um Hitchcock oder Beckett. Die Erinnerungen daran schmeckten nach eisgekühlten Austern und Zwiebelschalen …

Andere Paare hingegen waren auf dem Weg ins Restaurant. Vielleicht gingen sie ja anschließend ins Kino, zur Zweiundzwanzig-Uhr-Vorstellung, oder in einen Nachtclub – rechts oder links der Seine? Auf jeden Fall waren andere fest entschlossen, diesmal früher nach Hause zu gehen. Das geheime Einverständnis zwischen einem Mann und einer Frau, die vor ihm gingen, rührte Lachaume plötzlich zu Tränen. Ständig wurden sie von Leuten, die ihnen entgegenkamen, auseinandergerissen, entfernten sich voneinander und kamen wieder zusammen, um sich für einen kurzen Augenblick an den Händen zu berühren, bevor sie ein nächster Pulk von Fußgängern trennte. Man musste einfach an den Moment denken, da die zwei sich endlich umarmen würden, wenn alles schloss und die letzte Metro fuhr. Zu der Stunde würden Lachaume und die anderen ihre Stirn an die Fensterscheibe pressen und zusehen, wie die letzten Lichter der Vororte im Dunkeln verschwanden, während sie von einem Schnellzug fortgebracht wurden. Alles, was er an diesem frühen Abend beginnen sah, erinnerte ihn immer stärker daran, dass er nicht mehr da wäre, wenn es enden würde.

In einer Art Trinkhalle am Boulevard Montmartre, die *Café de l'Entr'acte* hieß und an ein Theater grenzte, tranken sie drei Mal ein »letztes Glas«. Es war Galaabend. Ingenieurstudenten der École Polytechnique, auf dem Kopf den traditionellen schwarzen Zweispitz, Dolch an der Seite, sorgten für Gedränge, da sie draußen auf dem Gehweg auf den Beginn der Vorstellung warteten.

Vom Fenster aus beobachtete Lena nachdenklich das Kommen und Gehen der Galagäste, während Lasteyrie mit einem stets gefüllten Glas am Tresen stand, als könnte er einer überstürzten Abfahrt so entgehen. Mit hochgezogenen Schultern und gekrauster Stirn stand er lauernd da.

Ohne den Tresen loszulassen, verlangte er lautstark von Lena, sie solle ebenfalls eine Runde Rum spendieren. Lachaume war dagegen und wollte ihren Teil übernehmen, wogegen wiederum Lena protestierte.

»Ich schulde dir sowieso noch tausend Francs. Ich hab doch neulich beim 421er-Spiel verloren«, sagte sie und holte einen Tausend-Franc-Schein aus ihrem Portemonnaie.

»Nein!«, protestierte Lachaume. »*Ich* hab verloren. Ich schulde dir Geld.«

»Nein! Nein! Du warst total blau«, sagte Lena. »Deshalb hast du gewonnen.«

»Aber nein! Ich weiß genau, dass ich verloren hab«, wiederholte Lachaume und holte seinerseits einen Tausend-Franc-Schein aus der Hosentasche.

»Ich werde euch behilflich sein!«, meinte Lasteyrie und riss ihnen den Schein aus der Hand. »Wir versaufen die Kohle.«

»Gib das zurück!«, brüllte Lachaume.

Ein plötzlicher Wutanfall ließ seine Hände zittern. Lasteyrie lehnte in ironischer Pose am Tresen und blickte schnippisch zu ihm rüber.

»Das Gleiche noch mal«, sagte er in schleppendem Tonfall zum Kellner und reichte ihm mit spitzen Fingern den Tausend-Francs-Schein.

»Gib ihn zurück!«, schrie Lachaume. »Ich kann es nicht ausstehen, wenn mir jemand was aus der Hand reißt.«

»Er kann es nicht ausstehen!«, meinte Lasteyrie. »Mister Oberempfindlich.«

Zwei versoffene Idioten, denen Lachaume einen vernichtenden Blick zuwarf, feixten am anderen Ende des Tresens.

»Ha! Jetzt kriegt der Sergeant eins drüber!«, sagte der eine von beiden und schlug sich mit der Faust in den Handteller.

»Was zum Teufel ist los mit euch?«, fragte Valette mit mürrischem Gesichtsausdruck und zwinkerte, als würde das Licht ihn stören. »Was ist in euch gefahren?«

»Das ist dermaßen mies von dir«, sagte Lachaume zu Lasteyrie in leisem Ton.

Er meinte die feixenden Idioten, mit denen Lasteyrie gemeinsame Sache zu machen schien.

»Einfach mies«, wiederholte er mit schäumender Verächtlichkeit. Dann ging er ans Fenster zurück, wo Lena saß.

In der Nähe standen vier Ingenieurstudenten, die immerfort ihren Zweispitz zurechtrückten und sich vergewisserten, dass ihr Dolch auch vorschriftsmäßig hing, während sie zugleich lässig und zackig von einem Bein aufs andere traten. Lachaume sah nur von zweien das Gesicht. Der eine war ein pausbäckiges Jüngelchen; der andere, größer und dicker, trug einen schwarzen, bürstenartig geschnittenen viereckigen Schnurrbart zur Schau, der ihn älter machte. Ein fünfter Student näherte sich. Mit vor Herzlichkeit geschwollenen Backen und einem Doppelkinn, das oben auf der Brust lag, gab der Schnauzbärtige ihm als Erster die Hand, die am Ende seines langen, weichen Armes hing, genau wie er es in zwanzig Jahren machen würde –, das sah man – wenn er Bauminister wäre.

»Ich weiß genau, dass ich verloren hab«, sagte Lachaume zu Lena. »Ich seh mich noch beim Spiel …«

»Dann siehst du dich eben doppelt!«, sagte sie und lachte leise. »Du warst sternhagelvoll.«

Mehrere Taxis und Wagen mit Chauffeur hielten in einer Schlange vor dem Theater. Es stiegen Herren im Smoking aus, Damen im Abendkleid mit Pelz um die Schultern und weitere Ingenieurstudenten, Dolch an der Seite, den Zweispitz unterm Arm.

»Ich schwör dir, ich hab verloren!«, wiederholte Lachaume. Lasteyrie näherte sich, ein Glas in der Hand.

»Trink wenigstens«, sagte er. »Hast schließlich dafür bezahlt!«

Lachaume trank das Glas in einem Zug aus.

»Ihr seid so was von mies!«, sagte er.

Ein geschäftiger Ingenieurstudent sprach einen Polizisten an, der grüßte, respektvoll die Ohren spitzte und sogleich eilends dem Studenten folgte, der mit einer Hand seinen Zweispitz und mit der anderen seinen Dolch festhielt.

»Ich weiß hundertprozentig, dass ich verloren hab!«, sagte Lachaume und schüttelte den Kopf.

»Du bist blau«, sagte Lena.

Aus einem kleinen Taxi stiegen mit ernster Miene vier weitere Ingenieurstudenten, blieben eine Weile bei dem Schnauzbärtigen und seiner Gruppe stehen und gingen, als sie sahen, dass sie nicht begrüßt wurden, ehrerbietig ihrer Wege. Ihr Taxi wurde sogleich durch eine schwarze Limousine ersetzt, deren hintere Tür vom eilig herausspringenden Chauffeur, Mütze in der Hand, geöffnet wurde. Eine große brünette junge Frau in einem smaragdgrünen Abendkleid und ein großer lässiger Ingenieurstudent stiegen langsam aus. Hinter seinem Rücken zwinkerte der Chauffeur einem Bullen in Zivil zu, als spöttelte er über die Ehrerbietigkeit, die er gerade geheuchelt hatte.

»Trink wenigstens«, meinte Lasteyrie.

Der große Ingenieurstudent und die junge Frau gingen an dem Schnauzbärtigen vorbei, der darauf wartete, dass man ihn ansah und ihm die Hand gab, und der schließlich bloß mit einer kleinen nachlässigen Handbewegung als Gruß bedacht wurde.

Lachaume holte sein Glas am Tresen ab, das inzwischen

wieder gefüllt worden war. Als er ans Fenster zurückkam, war der große Ingenieurstudent etwas abseits stehen geblieben, damit die junge smaragdgrüne Frau den Stehkragen seines schwarzen Uniformrocks zuhaken konnte. Sein leicht grünliches Gesicht mit den scharfen Wangenknochen, der kantigen Nase und den schwarzen mandelförmigen Augen hatte etwas Napoleonisches – Ernüchterung gepaart mit Skeptizismus. Ein Napoleon, dessen Leben auf Sankt Helena begonnen hatte.

»Was schaust du dir an?«, fragte Valette und trat zu ihm ans Fenster.

»Frankreich!«, sagte Lachaume und hob sein Glas so abrupt in die Höhe, dass ihm der Rum über die Hand schwappte.

Die Theaterklingel, die den Vorstellungsbeginn ankündigte, fegte den Gehweg leer.

»Auf geht's!«, meinte Lasteyrie.

Über den Boulevard Bonne-Nouvelle waren sie bis zur Porte Saint-Denis, dem großen Triumphbogen, gezockelt, wo Lachaume gemäß seiner Gewohnheit plötzlich stehen blieb, voller Entrüstung den Kopf schüttelte und mit den Armen herumfuchtelte, als wollte er jeden Moment etwas Bedeutendes von sich geben.

»Nicht zu fassen!«, sagte er schließlich. »*Ludovico Magno* … Das ist einfach nicht zu fassen!«

Offenbar hatten ihn die Basreliefs und lateinischen Inschriften an dem Bauwerk so aufgebracht.

»Los, vorwärts!«, sagte Lasteyrie wieder.

»Und was ist damit?«, rief Lachaume empört und zeigte auf die Porte Saint-Denis. »Soll das etwa da stehen bleiben?«

Lasteyrie fasste ihn am Arm und versuchte, ihn mit sich zu ziehen.

»Haut ab, lasst mich in Ruhe!«, schrie er und machte sich plötzlich los. »Dann mache ich es eben allein!«

Er betrat die breite Straße und lief zwischen den Autos auf den Triumphbogen zu. Lasteyrie, Valette und Lena schrien ihm vom Gehweg aus laut hinterher. Endlich drehte er sich um, ein unbeweglicher Punkt zwischen den dahinrasenden Fahrzeugströmen, und machte eine weit ausladende, resignierte Handbewegung, mit der er sie bat, ihn allein zu lassen. Steif und mit erhobenem Kopf überquerte er die andere Seite der Chaussee, wo sie sahen, wie er auf den kleinen Wall vor dem Triumphbogen stieg und seine Stirn scheinbar gegen den schwarz gewordenen Stein presste, als wollte er das Bauwerk umstoßen.

»Geh und hol ihn«, sagte Lasteyrie zu Lena.

Als sie bei ihm war, stand er noch immer so da, die Stirn am Stein, eine Hand am Huf von einem der Pferde auf dem Relief.

»Ach, Laaachaume, Bruderherz«, seufzte sie mit leisem Lachen. »Jetzt muss ich auch gleich heulen …«

»Lasst mich in Ruhe«, sagte er, ohne sich zu rühren. »Ich brauche niemanden, ihr werdet schon sehen!«

Verstohlen streichelte sie ihm den Nacken, schob ihre Hand zwischen den Stein und sein Gesicht und wischte seine Tränen weg, mit einer Behutsamkeit, die weder gespielt noch unbeabsichtigt war.

Danach schleppte Lasteyrie sie zum Boulevard Sébastopol, Richtung Seine.

Wie jedermann weiß, ist dies eine schnurgerade und dunkle Verkehrsader, anderthalb Kilometer lang. Nur brauchten sie fast eine Stunde von der Tour de Jean sans Peur bis zur Tour Saint-Jacques, den beiden Türmen an jeweils einem Ende des Boulevards.

Lena lamentierte:

»Und deine Mutter, Laaachaume? Willst du sie denn nicht an dich drücken?«

Sie hängte sich an seinen Arm, mit der Wange an seinem Bizeps.

»Laaachaume! Sie haben einen Teller für dich hingestellt, sie warten auf dich, die Gans steht auf dem Tisch … Ach, Laaachaume, inzwischen ist alles längst kalt beim Familienessen …«

»Sei still!«, sagte er wieder.

Sie ließ nicht locker, diesmal ging sie Valette an:

»Und was ist mit deiner Familie? Wollen deine Leute etwa keinen Kuss zum Abschied von dir? Dass du ›Guten Abend‹ sagst und sie umarmst? Hatten deine Leute nicht was Leckeres gekocht? Wollten sie etwa nicht, dass du kommst?«

»Hätten mich eben nicht wegfahren lassen dürfen!«, wiederholte Valette und schüttelte den Kopf.

Lena weigerte sich plötzlich weiterzugehen und sank auf eine Bank.

»*Mein Gott!* Es ist immer dasselbe!«, sagte sie und stützte den Kopf in die Hände. »Die anderen haben auch bis zum Umfallen getrunken. Die anderen haben auch ihre Mutter verflucht. Warum nur? Warum?«

Lasteyrie kam sie holen.

»Komm, Süße«, sagte er zu ihr und nahm ihre Hand.

»Und was ist mit den Fotos?«, sagte sie. »Ich werde keine Erinnerung haben. Gar nichts wird bleiben. Keinem wird irgendwas bleiben.«

»Sie hat recht«, meinte Lachaume. »Wir können nicht einfach so abfahren. Das wäre zu leicht. Ein Pfiff – und der Zug rollt los …! Und wir sitzen drin …«

Er schaute die Stadt aus den Augenwinkeln an.

»Was wollen wir anstellen, hm? Drei Draufgänger wie wir können in einer Stadt eine ganz schöne Verwüstung anrichten …«

»Ja, genau, Fenster einschmeißen«, meinte Lasteyrie. »Und hinterher die eingeschmissenen Fenster bezahlen.«

»Sollen sie ruhig versuchen, uns dranzukriegen!«, schrie Valette, der ein wenig abseits vor sich hin trödelte. »Ich bezahle für gar nichts mehr. Nie mehr!«

»Also, was machen wir?«, fragte Lachaume noch einmal und ballte die Fäuste. »Du bist doch hier der Pariser, Lasteyrie. Wie sieht dein ach so geliebtes *Panama* denn aus, verdammt?«

In einer Kneipe, die gerade schloss, stand ein Kellnerbursche hinter dem Tresen und schichtete die Münzen seines Trinkgeldes zu kleinen Türmchen auf.

Da er dachte, die drei Soldaten wollten was trinken, machte er ihnen mit einem kurzen Handzeichen klar, sie sollten Leine ziehen.

»Was machen wir?«, fragte Lachaume wieder. »Du bist der Pariser. Sag uns, wo wir zuschlagen sollen. Wo es wirklich weh tut.«

»Spar dir deine Mühe«, meinte Lasteyrie. »Paris hat einen dicken Panzer.«

»Wir sind zu dritt«, wiederholte Lachaume. »Ich schwör dir, wir könnten irgendwas kaputt hauen.«

»Wenn alle, die nicht mehr in den Krieg zurückwollten, irgendwas kaputtgeschlagen hätten, läge in Paris kein Stein mehr auf dem andern«, meinte Lasteyrie.

»Wenn man den Mut hätte und es gemeinsam versuchen würde«, sagte Valette, »könnte man was erreichen. Schließlich wurde damals ja auch die Bastille gestürmt.«

»Dafür haben wir den Luna-Freizeitpark gestürmt«, sagte Lasteyrie.

Sie kamen ans Ufer der Seine. Es nieselte, und ihre Gesichter und ihr Haar wurden nass. Am Pont d'Arcole führte eine steile Treppe hinunter zum plätschernden Wasser, das im Licht einer Laterne schimmerte.

»Lasst uns runtergehen«, sagte Lachaume und betrat die Treppe mit unsicherem Schritt. »Lena ...«

»Nein«, sagte sie. »Komm wieder hoch. Es regnet.«

Er setzte sich auf eine Stufe und stützte den Kopf in die Hände.

»Also, was machen wir?«, fragte er leise.

Die Rathausuhr schlug halb zwölf.

»Sollen wir denn wirklich einfach so abfahren?«, sagte er.

»Und was ist mit den Fotos?«, fragte Lena. »Keine Erinnerung. Gar nichts.«

Alle sahen zu Lasteyrie, der zärtlich das Geländer umklammerte und seine Wange daran drückte.

»Auf geht's!«, sagte er mit schleppender Stimme.

Langsam richtete er sich auf, strich noch einmal liebevoll über den Stein und schleppte sie schließlich über den Quai des Célestins in Richtung des Bahnhofs Gare de Lyon, von wo ihr Zug in einer Dreiviertelstunde abfahren würde.

Auf dem Pont Sully jedoch, zur Île Saint-Louis gewandt, zögerte er plötzlich und drängte sie, die Seine zu überqueren. Auf der Spitze der Insel befindet sich ein kleiner Park, der nachts geschlossen ist. Er blieb vor dem niedrigen Gitter stehen und wischte sich mit dem Ärmel über das regennasse Gesicht.

»Los, bereiten wir ihnen eine Überraschung«, sagte er mit schleppender Stimme. Mit einer Kopfbewegung deutete er auf die beiden Ufer von Paris, die voller Lichter und vorbeifahrender Autos waren.

»Wie deine Herzogin … diese Dingsbums«, meinte er und legte seine Hand auf Lachaumes Schulter, den Kopf gesenkt, als müsste er sich ein Lachen verkneifen. »Genau wie deine Herzogin!«

Trotz Lenas Einwänden sprang er über das niedrige Gitter. In der Mitte des Parks stand ein merkwürdiges Denkmal.

Es sah aus wie zwei nackte Wilde, die jeweils auf einem gezähmten Raubtier zu beiden Seiten des leeren Sockels Wache hielten. Hinter jedem der beiden Wilden stand ein nacktes Kind.

Während er sich auf dem Kopf des einen Kindes abstützte, stieg Lasteyrie einem der beiden Wilden aufs Knie und anschließend auf die Schultern. Dann hielt er sich an dem bronzenen Lorbeerkranz am seitlichen Rand des Sockels fest, kletterte auf den Kopf des Kindes, um sich von dort aus, die Füße auf dem Lorbeerkranz, die Hände an den Sims geklammert, auf den leeren Sockel zu hieven. Vermutlich hatten die Deutschen im letzten Krieg die Statue entfernt und eingeschmolzen.

Oben auf dem Sockel stellte er sich breitbeinig hin, holte sein Kammetui aus der Hosentasche, nahm einen Kamm heraus und kämmte sich sorgfältig im Schein einer Laterne, wobei ihm der Nieselregen als Pomade diente.

»Kommt rauf«, sagte er schließlich. »Jetzt errichten wir unsere eigene Statue.«

Valette, der bereits einem Wilden auf die Schultern gestiegen war, schwang sich ebenfalls auf den Sockel, wo er, den Kopf in die Hände gestützt, mit baumelnden Beinen sitzen blieb. Es war nicht klar, ob er lachte oder weinte. Ihm selbst übrigens auch nicht.

Lachaumes Schuh hatte sich im halb geöffneten Maul eines der Raubtiere verklemmt, aber Lena, die aus Angst vor der Polizei hinter dem Gitter stehen geblieben war, weigerte sich, ihm zu helfen.

»Kommt da runter!«, flehte sie. »Man darf keine Statuen kaputtmachen.«

»Das stimmt«, meinte Lasteyrie. »Man sollte unsereins nicht kaputtmachen … Das nächste Mal lassen wir uns in den Louvre versetzen.«

»Oder dorthin«, sagte Valette und zeigte auf den schwarzen Umriss eines großen Gebäudes im Jardin des Plantes, der am linken Ufer lag. »Ausgestopft im Naturkundemuseum, das wär ein gutes Versteck!«

Inzwischen war Lachaume aus dem Maul des Raubtiers freigekommen und legte auf den Schultern des Wilden eine kurze Verschnaufpause ein.

»Wer ist der nackte Herr?«, fragte er.

»Ein befriedeter Zulu«, meinte Valette.

Man hievte Lachaume auf den Sockel.

»Du stehst da«, begann Lasteyrie, »wie ein Typ, der mit der Hand über den Augen in die Landschaft späht …«

Lachaume rührte sich nicht.

»Na so!«, sagte Lasteyrie und schirmte seine Augen mit der Hand ab.

»Und wonach halte ich Ausschau?«, fragte Lachaume in einem plötzlichen Wutanfall.

»Nach irgendwas«, antwortete Lasteyrie. »Ist besser als nichts, so vergeht wenigstens die Zeit … Und du, Kumpel«, sagte er zu Valette, »du kniest, wie ein Verwundeter, und drückst die Hände auf dein Herz. Fällt dir bestimmt nicht schwer, hast ja das Herz am rechten Fleck …«

Er lachte kurz auf, während Lachaume sein Gesicht den

Lichtern von Paris zuwandte, die durch das kahle Geäst der Akazienbäume schimmerten, und die Hand über die Augen hob. Valette, die Hände flach auf der Brust, sank wie bei einer Liebeserklärung in einem Lustspiel auf die Knie.

»Und ich …«, fuhr Lasteyrie fort und räusperte sich. »Ich … werde mich euch zu Füßen legen, wenn ihr gestattet …«

»Du legst dich hin?«

»Ja, Kumpel, wie ein Toter.«

Und damit legte er sich vor die Füße seiner Freunde. Der Regen wurde stärker, ihre Gesichter waren jetzt richtig nass.

»Die werden vielleicht komisch gucken«, sagte er, »wenn sie unser Denkmal sehen!«

»Kommt da runter!«, flehte Lena sie von der anderen Seite des Gitters her an. »Kommt runter!«

»Niemals!«, rief Lasteyrie. »Wir bleiben für immer hier oben … Mach ein Foto, Lena …«

»*Ach,* Robert, das geht doch nicht!«

»Nun mach schon, fotografier uns!«

Plötzlich müde und gleichgültig geworden, so als hätte sie schon immer Verzweiflung und Sinnlosigkeit ertragen müssen, zückte sie wortlos den Fotoapparat, nahm die Schutzkappe vom Objektiv, klappte den Sucher aus und sah, nachdem sie den Apparat auf das Denkmal gerichtet hatte, ein dunkles Rechteck, in dessen Mitte sich mit ein bisschen gutem Willen vage ein Lichtschimmer erahnen ließ.

»Das muss es sein«, murmelte sie und drückte auf den Auslöser.

# KAPITEL 11

Die Militärzüge fahren spätnachts, lange nach dem letzten Personenzug. Paris versteckt sie.

Die Gare de Lyon war voller frisch rasierter Soldaten. Kreidebleich oder hochrot unterhielten sie sich, ohne einander anzuschauen, und alberten herum, ohne zu lachen, während die Militärpolizei sie mit aufgepflanztem Bajonett überwachte. Zivilisten waren kaum zu sehen. Die Väter, Mütter, Schwestern, Ehefrauen und Verlobten hatten ihre Söhne, den Bruder, Ehemann oder Verlobten nicht zum Zug gebracht. Weil es schon spät war, wegen der letzten Métro oder der Arbeit am nächsten Tag. Und die, um die es geht, können geschwenkte Taschentücher ohnehin nicht ausstehen. Die Züge müssen ja doch abfahren, also erspare man ihnen gefälligst das Schauspiel der Ausweglosigkeit! Der Unterschied zwischen einem geschwenkten Taschentuch und dem kleinen Fähnchen des Bahnhofsvorstehers ist nicht besonders groß.

Die erste Person, die Valette erblickte, als er die Bahnhofshalle betrat, war sein Vater, der, die khakifarbenen Brotbeutel über der Schulter, etwas abseits wartete. Zögerlich ging Valette auf ihn zu, in seinem feuchten Soldatenmantel und mit regennassem Gesicht.

»Papa! Du hättest nicht kommen sollen«, sagte er mit tonloser Stimme. »Guck doch, keiner kommt hierher. Wir sind die Einzigen …«

Er nahm die Brotbeutel und umarmte seinen Vater. Dann

kam Lachaume näher und gab Monsieur Valette die Hand. Dann stellte Valette seinem Vater Lasteyrie und Lena vor, der die beiden mit seinem verschwommenen Blick ansah. Und dann schwiegen alle für eine Weile, obwohl der Zug in fünf oder sechs Minuten abfahren sollte.

»Papa, wegen heute Abend …«, murmelte Jean Valette schließlich. »Wegen heute Abend …« Die Stimme versagte ihm.

Lachaume, Lasteyrie und Lena waren ein Stück weggegangen. Mit einem unergründlichen Blick hinter den dicken Brillengläsern nickte Monsieur Valette stumm. Nur seine geröteten Wangen drückten irgendetwas aus. Zumindest sahen die anderen nur sie. Jean Valette allerdings war sichtlich niedergeschmettert.

Pfiffe ertönten, Rufe wurden laut.

Sie gingen zum Bahnsteig. Streifen der Militärpolizei stiegen mit aufgepflanztem Bajonett in die Waggons. In Begleitung von Bahnschaffnern eilten Offiziere am Zug entlang über den Bahnsteig.

»Hör zu, Kleiner«, sagte Monsieur Valette mit tonloser Stimme, »wir klemmen uns dahinter, du wirst sehen …«

Lasteyrie hatte Lena beiseitegenommen.

»Mach kein Geschrei, ja?«, sagte er zu ihr. »Und nimm das hier …«

Er hielt ein Bündel loser Banknoten in der Hand.

»Nimm es«, sagte er noch einmal. »Du kannst es beim Pferderennen setzen.«

»Nein.«

Er verdrehte die Augen.

»Ich hab gesagt, du sollst es beim Pferderennen setzen, für mich. Aber nicht auf irgendwelche lahmen Gäule, ja? Das ist mein ganzes Geld.«

»Ach, Robert, einfach so …«, sagte sie und lächelte schwach. »Und was soll ich mit dem Gewinn machen?«

»Na, den setzt du auch.«

»Alles klar«, sagte sie ernst (sie glaubte an solche Sachen). »Und wie oft?«

»Unendlich oft«, sagte er. »Bis nichts mehr übrig ist.« Mit diesen Worten hauchte er ihr einen Kuss auf den Nacken.

»Einsteigen! Einsteigen!«, riefen die Schaffner.

Valette umarmte seinen Vater, entfernte sich, kam plötzlich zurück und umklammerte seinen Arm so heftig, dass er den Stoff des Ärmels zerknautschte.

»Was ist los, mein Kleiner? Was hast du?«

»Du hättest nicht kommen sollen!«, sagte er mit Tränen in den Augen.

»Einsteigen! Einsteigen!«, riefen die Schaffner, die näher kamen.

»Lena, Lena«, sagte Lachaume. »In gewisser Weise bist *du* meine Familie …«

»Ach, Laaachaume, Bruderherz«, sagte sie mit glänzenden Augen.

»Und ich?«, fragte Lasteyrie. »Bin ich etwa kein Bruder?«

»Nein«, meinte sie. »Kein Bruder.« – »Außerdem«, fuhr sie fort und lachte kurz, »was würdest du schon mit einer Schwester anfangen?«

»Ich würde ihre Ehre verteidigen!«, sagte er und streckte heldenhaft die Brust raus. »Mein Wort drauf! Ich würde ihre Ehre verteidigen, wenn ich eine Schwester hätte. Aber ich hab nun mal keine!«

»Einsteigen!«, wiederholte der Schaffner und wartete darauf, dass sie hinaufkletterten, damit er die Tür schließen konnte.

Der Zug fuhr ab.

Die Soldaten lehnten sich aus sämtlichen Fenstern, schlugen mit der Faust gegen die Seitenwand des Waggons und riefen im Chor:

»Heimwärts! Heimwärts! Heimwärts!«

Und danach:

»Nieder mit dem Krieg! Nieder mit dem Krieg! Nieder mit dem Krieg!«

Auch Lachaume und Valette waren an einem der Fenster zu sehen, wie sie zusammen mit den anderen auf die Seitenwand ihres Waggons schlugen, während eine Streife der Militärpolizei mit aufgepflanztem Bajonett durch den dahinterliegenden Waggon eilte. Schließlich sah man auch Lasteyrie, der am Nachbarfenster stand und mit zwei Fingern einen Gruß andeutete.

Und sie … sie sahen die dunklen, menschenleeren Bahnsteige vorbeiziehen, die jenseits der gläsernen Bahnhofskuppel vom Regen glänzten, und riefen wieder und wieder:

»Heimwärts! Heimwärts! Heimwärts!«

## *Doppelt unsichtbar – Daniel Anselme und sein Roman »Adieu Paris«*

Ein Nachwort von Julia Schoch

Die Wahrheit ist ein Geschenk, das sich nicht jeder gern machen lässt.

Dies könnte eine Erklärung dafür sein, weshalb Daniel Anselmes Roman *Adieu Paris* (im Original: *La Permission*) nach seinem Erscheinen 1957 so rasch aus dem öffentlichen Gedächtnis verschwand. Das Buch erlebte damals nie eine zweite Auflage und auch keine Übersetzung im Ausland. Es erhielt keinen Preis und nur eine Handvoll Kritiken. Selbst heute noch scheint die französische Originalausgabe so vollständig und absolut verschwunden, dass man beinahe an eine Kampagne zu glauben beginnt: Das Buch sollte verschollen gehen! Angesichts dieser Tatsachen grenzt es an ein Wunder, dass es überhaupt überlebt hat. Zu verdanken ist dies dem britischen Literaturwissenschaftler und Übersetzer David Bellos. Als er mit einem französischen Freund über den Algerienkrieg und dessen geringes Echo in der Literatur sprach, zog dieser *La Permission* aus dem Regal und überreichte es ihm. Jahre später übersetzte Bellos den Roman und brachte ihn bei dem namhaften New Yorker Verlag Farrar, Straus & Giroux heraus, in England erschien er in der renommierten Klassikerreihe Penguin Classics.

Warum das Buch damals, 1957, bei nur wenigen Lesern Anklang fand, ist nicht schwer zu ergründen: Wer wollte schon etwas vom Trauma eines Krieges wissen, den es offiziell nicht einmal gab? Vielleicht lag es aber auch daran, dass der Autor kein Berufsschriftsteller war. Daniel Anselme gehörte nicht zu den einschlägigen Größen der französischen Nachkriegsliteratur, er arbeitete an keinem Œuvre. Er verstand sich als Dichter, vor allem aber als Journalist und »Aktionist«. *Adieu Paris* war sein erster Roman, bis zu seinem Tod 1989 folgten nur noch zwei weitere, *Les relations* (1964) und *Le Compagnon secret* (1984).

Daniel Anselme kam 1927 in Paris unter dem Namen Daniel Rabinovitch zur Welt. Seine Mutter war Holländerin, sein Vater Russe. Um sie vor den Auswüchsen des Zweiten Weltkriegs zu schützen, brachte dieser, ein angehender Rechtsanwalt, seine beiden Söhne in einer Schule in der Nähe von Montélimar unter. Ein Ort, der nach der Besetzung Frankreichs durch die Deutschen 1940 in der »freien Zone« lag. Der Vater selbst ging wenig später auch dorthin und trat der Résistance bei. Sein ältester Sohn Daniel folgte ihm – mit nur sechzehn Jahren. Unter demselben Tarnnamen wie sein Vater – Anselme (den er bis zu seinem Lebensende behalten wird) – gehörte er zu einer Widerstandsorganisation aus Partisanen, die von der Kommunistischen Partei gegründet worden war. Nach Kriegsende geht er nach Paris zurück und holt die Schule nach. Allerdings wird er nie das Abitur ablegen. Stattdessen reist er durch Europa und arbeitet in England und Schottland als Journalist. Wieder in Paris, tritt er der Kommunistischen Partei bei und arbeitet für verschiedene Zeitschriften, darunter *Action* und *Les Lettres françaises*. Als Tourbegleiter des Théâtre National Populaire bereist er unter anderem Osteuropa, wo er Claire Picard kennenlernt, die 1954 seine Frau wird. Schon nach kurzer Zeit trennen sich ihre Wege wieder. Auch von der Kommunistischen Partei entfernt er sich. Nach 1968 kümmert er sich um das Gewerkschaftswesen und tritt unter anderem in Erscheinung als Sprecher der streikenden Uhrmacher in Besançon, die 1973 ihre angeblich bankrotte Fabrik besetzten und sie in Eigenregie führten. Er gründete die Zeitschrift *Cahiers de Mai* und war in den Jahren 1981–82 einer der Initiatoren von *Radio Solidarité,* einer freien Radiostation in Paris.

Ein umtriebiges Leben, bei dem man sich wohl kaum einen dicken Menschen vorstellen würde. Doch genau das war Anselme. Mitte der fünfziger Jahre beschreibt ihn ein Journalist als »fetten, zerzausten Kauz«, am Ende seines Lebens soll er 160 kg gewogen haben. Vielleicht war er deshalb ein ausgesprochener Nachtmensch? Genau wie die Helden in seinem Roman sitzt Daniel Anselme bis zum Morgengrauen in Cafés und Bars am Rive Gauche, meistens im *Le Rostand* am Jardin du Luxembourg. Er unterhält die Leute, gilt als geistreich und gewitzt. Gemeinsam mit einem Freund »spezialisiert« er sich darauf, Buchverlegern und Filmproduzenten Ideen zu liefern. Gegen Geld, versteht sich, wobei von den Exposés und Treatments selten eines tatsächlich geschrieben wird, ganz zu schweigen davon, dass die jeweiligen Bücher oder Filme das Licht der Welt erblicken.

Es ist mehr als wahrscheinlich, dass Anselme in diesen Kneipennächten Soldaten begegnete, die auf der Suche nach ein bisschen Amüsement die Zeit totschlugen. Auf jeden Fall hat er sie gesehen, als er im Januar 1956 einen Freund zum Bahnhof begleitete, der mit dem Militärzug nach Algerien zurückfuhr. Die Eindrücke von dem verzweifelt-hilflosen Abschied auf der Gare de Lyon sind als letztes Kapitel in den Roman eingegangen.

Anselme selbst war als ehemaliger Résistancekämpfer übrigens vom Militärdienst befreit. Ende der fünfziger Jahre war er ohnehin zu alt, um nach Algerien eingezogen zu werden, zumal sein enormes Gewicht auf jeden Fall zur Ausmusterung geführt hätte.

Was er allerdings tun konnte, war, das Schweigen über diesen Krieg zu brechen – als Schriftsteller.

*

Als Anselme *Adieu Paris* schreibt, geht der Algerienkrieg in sein drittes Jahr. Zu diesem Zeitpunkt werden immer mehr Männer zum »Befrieden« nach Algerien geschickt. Bei Kriegsende, im März 1962, werden es über zwei Millionen gewesen sein.

Algerien war seit 1830 französische Kolonie. Obwohl »Kolonie« schon zu viel gesagt ist. Gemäß der Staatsdoktrin war das Land eine bloße Verlängerung des französischen Staatsgebietes auf der anderen Seite des Mittelmeers, ein integraler Bestandteil des Mutterlands also. In der Tat besaßen die rund acht Millionen Algerier die Staatsangehörigkeit Frankreichs. Allerdings handelte es sich nur um eine vermeintliche Einbürgerung. Die übergroße Mehrheit der arabischen Bevölkerung lebte als französische Untertanen, nicht als gleichberechtigte Bürger. So besaßen sie beispielsweise weder das aktive noch das passive Wahlrecht, der Großteil der landwirtschaftlichen Flächen war ihnen geraubt worden, die arabische Sprache galt offiziell als Fremdsprache. Diese politische Ungleichheit, die blinde Französisierung des Landes und die nationale Unterdrückung führten zwangsläufig zu unüberwindbaren Spannungen. »Man lehrt die Menschen nicht ungestraft Freiheit, Gleichheit und Brüderlichkeit, wenn man sie ihnen anschließend verweigert.« So beschreibt der französische Autor Alexis Jenni in seinem Epos *Die französische Kunst des Krieges,* für das er 2011 den Prix Goncourt erhielt, den Grundkonflikt dieses Krieges.

Im Herbst 1954 nahm die algerische Befreiungsbewegung, der »Front de Libération Nationale« (FLN), in Algerien den bewaffneten Kampf gegen die französische Fremdherrschaft auf. Für die Regierung in Paris kam es nicht in Frage, zu verhandeln. Sie deklarierte die algerischen Unabhängigkeitsbestrebungen kurzerhand als »innenpolitische Unruhen«. François Mitterand, damals Innenminister, rief den Aufständischen entgegen: »Verhandeln bedeutet Krieg.« Gut ein Jahr später wird die gesamte Masse der wehrpflichtigen französischen Soldaten nach Algerien mobilisiert. »Maßnahmen zur Aufrechterhaltung der Ordnung« nennt Frankreich diese Militärgewalt beschönigend. Am Ende des Krieges werden rund 350 000 Algerier und 30 000 französische Soldaten den Tod gefunden haben. (Die Angaben der Opferzahlen schwanken stark, je nachdem, von welcher Seite die Toten instrumentalisiert werden.)

So wie der Krieg in den Medien als »Ereignis« oder »Konflikt« verharmlost wurde, handelte man die getöteten französischen Soldaten als »Unfälle« ab. Unschöne Nebeneffekte, die der offiziellen Befriedungslogik zuwiderliefen. In Anselmes Roman rechnet der junge Arzt Thévenin seinem Freund Lachaume vor, dass die Gefallenen nur einen äußerst geringen Prozentsatz ausmachen würden. Bei sich denkt er: »Am Steuer meines Wagens bin ich genauso gefährdet wie Lachaume in Algerien.« Diese Bagatellisierung des Krieges und seiner Auswirkungen macht klar, in welchem Dilemma sich die jungen Wehrpflichtigen befanden – selbst nach ihrer Heimkehr. Entlassen in die freie Wildbahn, das heißt die Gesellschaft, durften sie weder als Tote noch als Lebende wirklich vorkommen. Dementsprechend gab es auch kein Mitleid oder Verständnis für sie. Ihre Erfahrungen blieben unerzählt, unsichtbar, wie der Krieg selbst.

*

Drei befreundete Wehrpflichtige sind Ende Dezember 1956 für ein paar Tage auf Heimaturlaub in Paris. Ein Intellektueller, ein junger Kommunist und ein Frauenheld – so verschieden sie von ihrer Herkunft und dem Charakter nach sind, vereint sie doch die Erfahrung des Krieges, in den sie alle gegen ihren Willen hineingezogen wurden. Je näher der Abfahrtstermin zurück in den Krieg rückt, desto größer wird ihre Verzweiflung. Fieberhaft suchen sie nach einer Lösung, wie sie diesem Schicksal entgehen könnten – und fügen sich letztlich, da niemand von ihrer Bedrängnis Notiz nimmt.

*Adieu Paris* ist einer der wenigen Romane, die uns etwas über das Trauma dieses Krieges, von der Haltung der Franzosen, der Atmosphäre im damals politisch geschwächten Frankreich erzählen.

Vor allem aber gibt das Buch den französischen Soldaten eine Stimme, »jener Generation, die die besten Jahre ihres Lebens verliert«, wie Daniel Anselme 1957 in einem Interview erklärt. Zu diesem Zeitpunkt sieht der Autor den Stift in der Hand als seine »geeignetste Waffe« an. Der Roman ist für ihn ein »Vehikel zur freien Meinungsäußerung«, eine Art »Notausgang«. Die Schriftstellerei ermöglicht ihm die »Weiterführung eines politischen Kampfes«. Diese Motivation mag antiquiert klingen, passt sie doch so gar nicht in unsere freiheits- und enthüllungsverwöhnte Zeit. Sie wird verständlicher, wenn man bedenkt, dass der Algerienkrieg damals in der Öffentlichkeit tatsächlich so gut wie nicht vorkam. Abgesehen von der Tatsache, dass es keine »neutrale« Stelle der Berichterstattung gab (unabhängige Radiostationen waren damals undenkbar, ganz zu schweigen vom Fernsehen), brachte der Staat unliebsame Stimmen immer wieder zum Schweigen. Mittels Zensur und Beschlagnahmungen sorgte er beständig dafür, dass der Krieg unsichtbar blieb. Informationen, Augenzeugenberichte und Anklageschriften über Folterungen in Algerien, über die Ausrottung ganzer Landstriche und die Errichtung sogenannter »Umgruppierungslager«, in denen Tausende von algerischen Zivilisten den Tod fanden, kamen nur nach und nach ans Tageslicht. Gemessen an heutigen Maßstäben klaffte ein unvorstellbarer zeitlicher Abgrund zwischen Ereignis, Information und der dazugehörigen Debatte.

Dass die übergroße Mehrheit der Franzosen das »Algerienproblem« als fernes, abstraktes Phänomen ansah oder doch zumindest als notweniges Übel, macht Daniel Anselmes Roman in beinahe jedem Kapitel klar. Die Kritik an der Teilnahmslosigkeit gipfelt in der Frage, die beim Austernessen in familiärer Runde plötzlich aus Jean Valette, einem der drei Wehrpflichtigen, herausschießt. Nachdem am Tisch viel geredet, vom Wesentlichen aber geschwiegen wurde, kommt es schließlich zum Eklat. »Warum habt ihr uns gehen lassen?«, schreit Valette. Niemand hat die jungen Männer versteckt, niemand hat die Züge aufgehalten, die sie Richtung Süden verfrachteten, niemand hat gegen ihr Fortgehen protestiert. Dieser Vorwurf bezieht sich nicht nur auf die Familienangehörigen, sondern auf die gesamte französische Gesellschaft, in der es zum Zeitpunkt der Veröffentlichung des Romans kaum nennenswerte Proteste gegen den Krieg gab. Und wenn, erschütterten sie Frankreich nicht wirklich.

Anselme verhandelt die zentrale Frage – »Warum habt ihr uns gehen lassen?« – nicht ohne Grund an dieser Stelle. Das Essen bei den Valettes bildet das Kernstück des Romans. Der unguten Rolle, die die Kommunistische Partei im Algerienkrieg gespielt hat, ihrer Unschlüssigkeit und Ohnmacht, widmet Anselme das längste Kapitel. Ganz klar: Die Kommunisten sind es, von denen am meisten Widerspruch, ja konkrete Aktionen gegen diesen Krieg zu erwarten wären. Doch Lachaumes hoffnungsfrohe Dringlichkeit verpufft angesichts der Vorschläge von Luc Giraud, dem kommunistischen Funktionär, den er bei den Valettes trifft. Petitionen, bürokratisierte Formen des Protestes also – mehr kann der durchaus charismatische Mann ihm nicht anbieten. Zwar beherrscht er die Rhetorik, die Utopie selbst aber scheint bereits aufgezehrt. Zudem wirkt er trotz seines jungen Alters wie ein Frühvergreister. Es klingt eine leise Melancholie an, wenn er nach leidlich überstandener Herzattacke die Wohnung verlässt: »Lachaume sah Giraud beinahe freundschaftlich hinterher, wie einem Mann, dem man aufgrund einer Verwechslung auf der Straße nachgelaufen ist. Obwohl man vom Rennen außer Puste ist und das Herz rast, tut einem der Aufwand nicht leid, einfach, weil der Mann interessant aussieht – selbst wenn er nicht der Richtige ist.« Ein letzter Gruß Anselmes in Richtung Kommunistischer Partei, von der er sich zu diesem Zeitpunkt längst getrennt hat.

⋆

Anselme macht keinen Hehl aus seinen politischen Sympathien und Abneigungen. Bei seinem Durchgang durch die französische Gesellschaft schafft er mittels Typisierung und

Karikatur exemplarische Porträts. Auf diese Weise können wir Leser den »Sprech« der jeweiligen Milieus regelrecht hören. Da ist der Salonrassist aus der sogenannten Mitte der Gesellschaft, der sich den drei Militärs gleich zu Beginn ihrer Heimreise im Zug aufdrängt. In Erinnerung an eine Zeit schwelgend, in der Frankreich noch koloniale Großmacht war, teilt er die Welt in »wir« und »die da« ein. Dann der politisch durchaus versierte Arzt Thévenin, Lachaumes Freund, der sich den Krieg mit Argumenten zurechtredet. Die traurig-erschöpften Kommunisten, eloquent, aber hilflos. Schließlich die dümmlichen Dickwänste im Hotel, in dem Lachaume unterkommt. Es sind sogenannte *pieds-noirs,* ein zum damaligen Zeitpunkt noch neuer Begriff für die Algerienfranzosen, also die weißen Europäer, die sich seit 1830 in Nordafrika angesiedelt hatten. Bei Ausbruch des Krieges waren sie rund eine Million. Feige, geldgierig und brutal – das Bild, das Anselme von ihnen zeichnet, entspricht durchaus der geschichtlichen Realität der Kolonisten. Durch Aufkäufe, gewalttätige Landnahmen und die Kontrolle eines Großteils des algerischen Landes benachteiligten und unterdrückten sie jahrzehntelang die einheimische Bevölkerung. Nur darauf aus, ihren Status und ihr Geld zu retten, verschanzen sie sich jetzt, im Krieg, in der Hoffnung auf bessere Zeiten im »Mutterland«.

Doch so genau der Autor all diese ideologischen Positionen darstellt – *Adieu Paris* ist keine politische Kampfschrift, sondern ein Roman.

Was Anselme interessiert, sind die psychologischen Auswirkungen des Krieges für den Einzelnen. Abgesehen davon, dass damals ohnehin fast nichts zu erfahren war, ist Anselme so schlau, nicht das Kriegsgeschehen selbst zu schildern. Das Buch *informiert* nicht. Vielmehr erzählt es wie in einem Spiegel von dessen Folgen. Eine Methode, die den Schrecken noch vergrößert – ähnlich, wie wenn in einem Steven-Spielberg-Film nur das vor Grauen verzerrte Gesicht eines Menschen angesichts eines Monsters gezeigt wird, nicht aber das Monster selbst. Dabei sind die Folgen – fast könnte man sagen: die Folgen *aller* Kriege – immer nur auf eine diffuse Weise zu spüren. Sie bleiben ähnlich unterdrückt wie ihre Ursachen. Selbst Lena, die verlorene Trinkerin, die Lachaume in seiner Stammkneipe aufgabelt, erzählt so gut wie nichts über ihre Vergangenheit. Wir können nur ahnen, was eine junge Frau, die dauerberauscht und bindungslos in Paris abhängt, ein paar Jahre früher im kriegswütigen Deutschland erlebt hat.

Jeder, so scheint es, schleppt unausgesprochene Erfahrungen mit sich herum, die ihn innerlich auffressen.

Wenn im Innenraum eines Menschen nichts mehr seinen selbstverständlichen Platz hat, die Welt draußen aber weitermacht wie bisher, entsteht das Absurde. In genau diesen Abgrund stürzen die drei Romanhelden bei ihrem Kurzaufenthalt in Paris. Unsicher und zutiefst verstört, scheinen sie jede Geste, jeden Satz und jede Handlung doppelt prüfen zu müssen, um noch einen Zusammenhang zwischen sich und ihrem ehemaligen Leben herzustellen. Das Fremdsein Lachaumes angesichts der vertrautesten Dinge erinnert an die Schreckenserfahrung, wie sie der Held in Jean-Paul Sartres Roman *Der Ekel* (1938) macht. Wenn selbst die eigene Hand als ein undurchdringlicher, gleichsam *sinnloser* Gegenstand wahrgenommen wird, das bislang Bekannte plötzlich fremd erscheint. Sinnlosigkeit, Entfremdung, Absurdität – das Subjekt in der Krise. In den fünfziger Jahren sind das die großen Themen in der Philosophie. Albert Camus, der große Theoretiker des Absurden, bekommt im selben Jahr, in dem *Adieu Paris* erscheint, den Nobelpreis. In Anselmes Roman allerdings ist die Sinnkrise nicht philosophisch unterlegt. Sie rührt schlicht aus der Kluft zwischen dem im Krieg Erlebten und der Banalität in der Heimat. Die drei jungen Männer sind nicht nur vom Krieg beurlaubt, sondern auch von ihrem gewohnten Leben in Paris. Kein Ort mehr, an dem ihr Dasein noch einen Sinn ergäbe.

*

»Dieses Buch wird niemandem gefallen«, urteilte die *Nouvelle Revue Française* kurz nach Erscheinen des Romans. Sie sollte recht behalten. Sämtliche »Lager« fühlten sich enttäuscht. Während die Befürworter des Algerienkrieges lieber fidele, patriotische Soldaten präsentiert bekamen, ertrugen die Kriegsgegner den Vorwurf nicht, dass ihre Aktionen in der Heimat wirkungslos blieben. Und allen anderen musste die radikale Hoffnungslosigkeit aufstoßen. In seiner Radikalität vergleichbar mit dem Autor Georges Hyvernaud, der dieselben Mechanismen für die Zeit nach dem Zweiten Weltkrieg offenlegte, seziert Anselme die Stimmung und die Verdrängungsmethoden, jene »unwirkliche Atmosphäre im Land«, wie die Zeitschrift *Esprit* 1957 schrieb. Das politisch desinteressierte Volk würde lieber schlafen oder Roller fahren. Tatsächlich scheinen die »Spaziergänge«, die die drei Hauptthelden im Roman unternehmen, als eine Art Defilee, vorbei an den Amnesiewilligen und Zerstreuungswütigen der damaligen Gesellschaft. Genau wie in Deutschland sind die fünfziger Jahre auch in Frankreich die Zeit des Vergessenwollens. Die Franzosen lassen sich gern erzählen, sie seien *formidable,* fabelhaft – ein Modewort, das damals in etlichen Schlagern vorkommt und einer äußerst populären Radiosendung den Titel gibt. Man stürzt sich in den Konsum. In seinem Essayband *Mythen des Alltags,* der im selben Jahr wie *Adieu Paris* erschien, nahm sich Roland Barthes unter anderem den Mythos »Citroën«, den Fetisch einer Nation vor. »Das Auto ist heute das genaue Äquivalent der großen gotischen Kathedralen«, stellte er fest. Diesem Phänomen sehen sich auch Lachaume, Lasteyrie und Valette gegenüber, als sie über die Champs Élysées laufen. »Die einzige Frage, die es zu klären gilt, ist die: Welches Auto kaufen wir, wenn wir wieder zurück sind?«, sagt Lachaume. Die »Rollerprämie«, das Geld, das sie bei ihrem Kriegseinsatz verdienen, als praktische Amnesiepille, die ihre schnelle Wiedereingliederung in die Gesellschaft ermöglichen soll. Gesund ist, wer verdrängen kann. 1958, ein Jahr nach Erscheinen von Anselmes Roman, werden die Franzosen General de Gaulle zum Präsidenten wählen. Von ihm erhoffen sich die allermeisten Rettung. Durch seine Art, »wie ein konstitutioneller Monarch zu herrschen« (Sartre), stoppt er nicht nur das Regierungskarussell der Vierten Republik. Er befriedigt auch das Bedürfnis der Franzosen nach Heroismus. Vor allem aber hilft er ihnen zu vergessen: »Das französische Volk ist auf dem Weg zu einer großen Bestimmung, zu einem großen Wohlstand und zu einer großen Aktivität … Frankreich wird groß und wohlhabend sein.« Wer wollte angesichts solcher Verheißungen schon etwas von Kollektivschuld hören, die die Franzosen im Algerienkrieg auf sich luden? Und genauso ungern ließen sich damalige Romanleser wohl einen Spiegel vorhalten, in dem sie ihren Egoismus und ihre Gleichgültigkeit betrachten konnten.

⋆

Man merkt dem Roman an, dass er – zeitlich bedingt – in einer gewissen »Unschuld« geschrieben wurde. Wenn die drei jungen Männer im Januar 1957 wieder nach Algerien aufbrechen, wissen sie noch nichts von der sogenannten »Schlacht um Algier«, nichts von den willkürlichen Massenfestnahmen seitens der französischen Armee, den systematischen Folterungen, den illegalen Hinrichtungen mit anschließendem Verschwindenlassen der Toten, der »noch nie gesehenen Missachtung der Menschenrechte« (Jenni) in diesem Krieg. Und auch Paris haben dessen Auswüchse zu dem Zeitpunkt noch nicht erreicht. Im Buch können die Figuren ihren Blick noch melancholisch übers Wasser der Seine schweifen lassen. Vier Jahre später treiben Leichen darin. Die Geschehnisse vom 17. Oktober 1961 gehören zum dunkelsten Kapitel der letzten Jahrzehnte französischer Geschichte. An dem Tag hatten 40 000 zumeist algerische Frauen, Männer und Kinder im Zentrum der Hauptstadt gegen eine Ausgangssperre demonstriert, die für Algerier verhängt worden war. Den friedlichen Demonstranten traten mehrere Tausend Sicherheitskräfte entgegen. Sie schossen wahllos in die Menge. Ingesamt fielen diesem staatlich organisierten Massaker 393 Algerier zum Opfer. Sie wurden umgebracht oder verschwanden. In ganz Paris wurden in dieser Nacht Tausende von Menschen allein aufgrund ihrer Hautfarbe festgenommen und in Polizeikasernen oder Sportanlagen verschleppt, gefoltert oder tagelang festgehalten. Unter anderem auch im *Palais des Sports,* wo sich die drei jungen Männer im Roman an ihrem vorletzten Abend treffen, um ein Basketballmatch zu sehen.

Diese Art von »Unschuld« korrespondiert mit der eigentlichen thematischen Dimension des Romans: der einer verlorenen, ungehörten Jugend. Daniel Anselme beschreibt nicht nur die Ohnmacht dreier Militärs, sondern die einer ganzen Generation. Eine Ohnmacht, die zum damaligen Zeitpunkt in sämtlichen Bereichen der Gesellschaft immer spürbarer wurde.

Wie die drei jungen Männer verzweifelt und ziellos durch Paris gondeln, ihr diffuses Aufbegehren bei gleichzeitiger Teilnahmslosigkeit, ihre sinnlosen Gespräche, ihre Ungeduld und nicht zuletzt ihre Vorliebe fürs Flipperautomatenspiel – all das erinnert nicht von ungefähr an Figuren, wie sie kurze Zeit später in vielen Filmen der *Nouvelle Vague* auftauchen. 1957 bringt die Zeitschrift *L'Express* den bis dato unbekannten Begriff ins Spiel. Die damals noch junge Zeitschrift, die sich an amerikanischen Vorbildern orientiert, veröffentlicht mehrere Artikel und Umfragen zum Thema Jugend. Unter der Überschrift »La Nouvelle Vague arrive!« begrüßt sie die Moralvorstellungen und Sitten, die Mode- und Musikvorstellungen einer neuen Generation, von der sie sich Offenheit und frischen Wind erhofft. Der Wunsch, »alles anders machen zu wollen«, treibt auch die drei Romanhelden um. Im Grunde ist ihr kurzer, zehn Tage dauernder Aufenthalt in Paris eine Bestandsaufnahme. Sie fragen sich: Wer und was in der Gesellschaft taugt noch etwas? Wer ist auf unserer Seite? Die Antwort ist klar. Hierarchien, Traditionen, eine falsche Ehrwürdigkeit, sämtliche Formen von Kulissenhaftigkeit und überkommener Symbolik – all das können sie nur noch ablehnen. So werden beispielsweise die Absolventen der École Polytechnique in ihrem pseudomilitärischen Aufzug als Schauspieler entlarvt, der ehemalige Freund Thévenin als angepasster Karrierist für lächerlich befunden und der Triumphbogen an der Porte St. Denis als Symbol der Kriegsverherrlichung gehasst. Überhaupt Paris. Anselme schildert die Stadt nicht als schillernde, prächtig ausgeleuchtete Metropole. Er lässt sie dezembergrau, kühl und armselig erscheinen. Eine Stadt der Schnellimbissstuben und billigen Kneipen, der unwirtlichen Straßen und Hotels. Keine Grandezza, sondern Wahrhaftigkeit. Es ist nicht zuletzt diese – leicht schroffe – Sicht auf die Hauptstadt, die Anselmes Roman zu einem Nouvelle-Vague-Roman *avant la lettre* macht. Zwei Jahre nach Erscheinen des Buches kommt *À bout de souffle (Außer Atem)* von Jean-Luc Godard in die Kinos. Auch hier: Hinter den Verzweiflungsausbrüchen des Kleinganoven Poicard, gespielt von Jean-Paul Belmondo, stecken keine ausformulierten, vernünftigen Kategorien, nur die Lust einer niedergehaltenen Jugend auf Ausbruch. Genau wie er sind auch die Hauptfiguren in Anselmes Roman fieberhaft auf der Suche nach etwas, das »laut genug ist«, um auf sich aufmerksam zu machen. Egal was, nur nicht schweigend alles hinnehmen.

An dieser Stelle lohnt es sich zu erwähnen, dass unter den Aktiven vom »Mai 1968« etliche junge Männer waren, die wenige Jahre zuvor im Algerienkrieg gedient hatten. Vor allem solche aus dem Studentenmilieu. Liest man Anselmes Roman aus dieser Perspektive, entfaltet er seine ganze Dimension. Die Atmosphäre im Buch, die erzwungene Stummheit, die Abhängigkeit der Jugend vom Staat und von Parteien, die Verkleisterung unhaltbarer Zustände mit Konsumversprechungen, all das hilft, die Heftigkeit zu verstehen, mit der sich diese »Generation ohne Stimme« ein paar Jahre später zu Wort melden und sämtliche politische und kulturelle Verbindlichkeiten über Bord werfen wird. Der Roman zeigt die Vorstufen zu dieser Entwicklung. Er zeigt die lähmende Verzweiflung, noch keinen Ausweg aus der Unmündigkeit gefunden zu haben. Er zeigt, wie sich etwas aufstaut, das sich (noch) nicht entladen kann. Noch weicht das Apathische nicht dem Aktionismus. Doch die drei jungen Männer im Roman beginnen langsam klarzusehen. Ausgelöst durch die Erlebnisse im Krieg und die Erfahrung, alleingelassen und verraten worden zu sein, ziehen sie – jeder auf seine eigene Weise – ihre Schlüsse. Was sich hier andeutet, ist nicht weniger als eine Emanzipation. Die Ernüchterung der drei ist der erste Schritt. Wir dürfen uns Lachaume als denjenigen vorstellen, der zehn Jahre später an eine Wand in der Sorbonne schreibt: *Le rêve est réalité.*

⋆

Obwohl die französische Gesellschaft in den sechziger und siebziger Jahren des zwanzigsten Jahrhunderts einen Wandel durchlebte, heißt das nicht, dass nicht zugleich eine »unbehagliche Stille im Land herrschte, was den Krieg anging« (Jenni). Inzwischen stellt er zwar kein Tabu mehr dar, aufgearbeitet ist er dennoch nicht. Bis heute verweigert die französische Politik ein umfangreiches Schuldeingeständnis. Erst 1999 wurde der Begriff »Algerienkrieg« überhaupt offiziell erlaubt. Und was die ehemaligen Soldaten angeht, wurde ihnen der Status als »anciens combattants«, als Kriegsveteranen, immer verweigert, da es sich der Staatslogik zufolge nie um einen Krieg gehandelt hat. Auch der 19. März, der Tag des Waffenstillstands, wurde nicht – wie von Interessenverbänden vorgeschlagen – zum Gedenktag erhoben. Darüber hinaus gab es jahrzehntelang in ganz Frankreich kein einziges Denkmal, das den Opfern des Algerienkrieges, Zivilisten wie Soldaten, ein Ort des Gedenkens hätte sein können.

Vor diesem Hintergrund mutet es geradezu hellseherisch

an, dass Anselme seine drei Helden am Ende des Romans ihr eigenes Kriegerdenkmal errichten lässt. Ein flüchtiges, gleichsam unsichtbares Monument. In einer kleinen Grünanlage auf der Südspitze der Île Saint-Louis erklimmen die drei einen leeren Sockel, auf dem sie posieren. Lachaume stehend, Valette wie ein Verwundeter kniend und Lasteyrie liegend wie ein Toter. Den Leser beschleicht das ungute Gefühl, dass ihm hier ein Ausblick auf die Zukunft der drei gegeben wird …

Erst vierzig Jahre nach Kriegsende, im Dezember 2002, an einem bewusst unhistorischen Tag, weihte der damalige Präsident Jacques Chirac am Quai Branly in Paris das »Mémorial de la guerre d'Algérie«, ein zentrales nationales Denkmal, ein. Doch das offizielle Erinnern ist schwammig. Wessen wird hier gedacht? In seiner Rede sagte Chirac, dass man sich an diesen Krieg erinnern müsse. Das Wort Frieden kam nicht vor, auch das unabhängige Algerien nicht. Vor allem betonte er, dass die Opfer nicht umsonst oder gar in einem sinnlosen Krieg gestorben seien, sondern für die gemeinsame Nation. »Alle haben dieselben Prüfungen durchstehen müssen. Alle haben für dasselbe Ideal im Dienste der Republik und Frankreichs gekämpft. […] Ihr dringlichster Auftrag bestand in dem Schutz der Bevölkerungsgruppen, die Frankreich vertrauten. […] Alle sind vereint in unserer Erinnerung. Alle haben ihren Platz im glorreichen Gefolge der Söhne Frankreichs, die sich auf allen Kontinenten ausgezeichnet haben und unserem Land in den tragischsten Stunden seiner Geschichte gedient haben.«

Zehn Jahre später entschuldigte sich Nicolas Sarkozy im Wahlkampf – allerdings nicht beim algerischen Volk, sondern bei den »Harkis«, Algeriern, die für Frankreich gegen eine Unabhängigkeit Algeriens gekämpft hatten und deren

Nachfahren heute eine verlässliche Wählerschaft des Front National darstellen. Sarkozy rechtfertigte den Algerienkrieg als eine militärische Intervention, die von legitimen und demokratischen Regierungen geleitet worden sei. Worauf er die Ungeheuerlichkeit folgen ließ: »Frankreich kann nicht bereuen, diesen Krieg geführt zu haben.«

Nein, Anselmes Buch ist nicht »historisch«. Das Vermächtnis des Krieges reicht bis in die Gegenwart hinein. Im Januar 2015 hat der Terroranschlag von Paris, bei dem die Redaktionsmitglieder der französischen Satirezeitung »Charlie Hebdo« ermordet wurden, auf erschreckende Weise deutlich gemacht, wie fatal im Hintergrund wirkt, was seit Jahrzehnten ignoriert und unterdrückt wird.

Übrigens: Spaziergänger, die heute den Pont de Sully überqueren, können das Monument, auf dessen Sockel die drei Romanhelden posieren, in voller Größe betrachten. Seit Kurzem steht dort wieder die Statuengruppe aus dem 19. Jahrhundert, die die Deutschen 1942 eingeschmolzen hatten: ein Zentaur im Kampf gegen einen Riesen.

Januar 2015